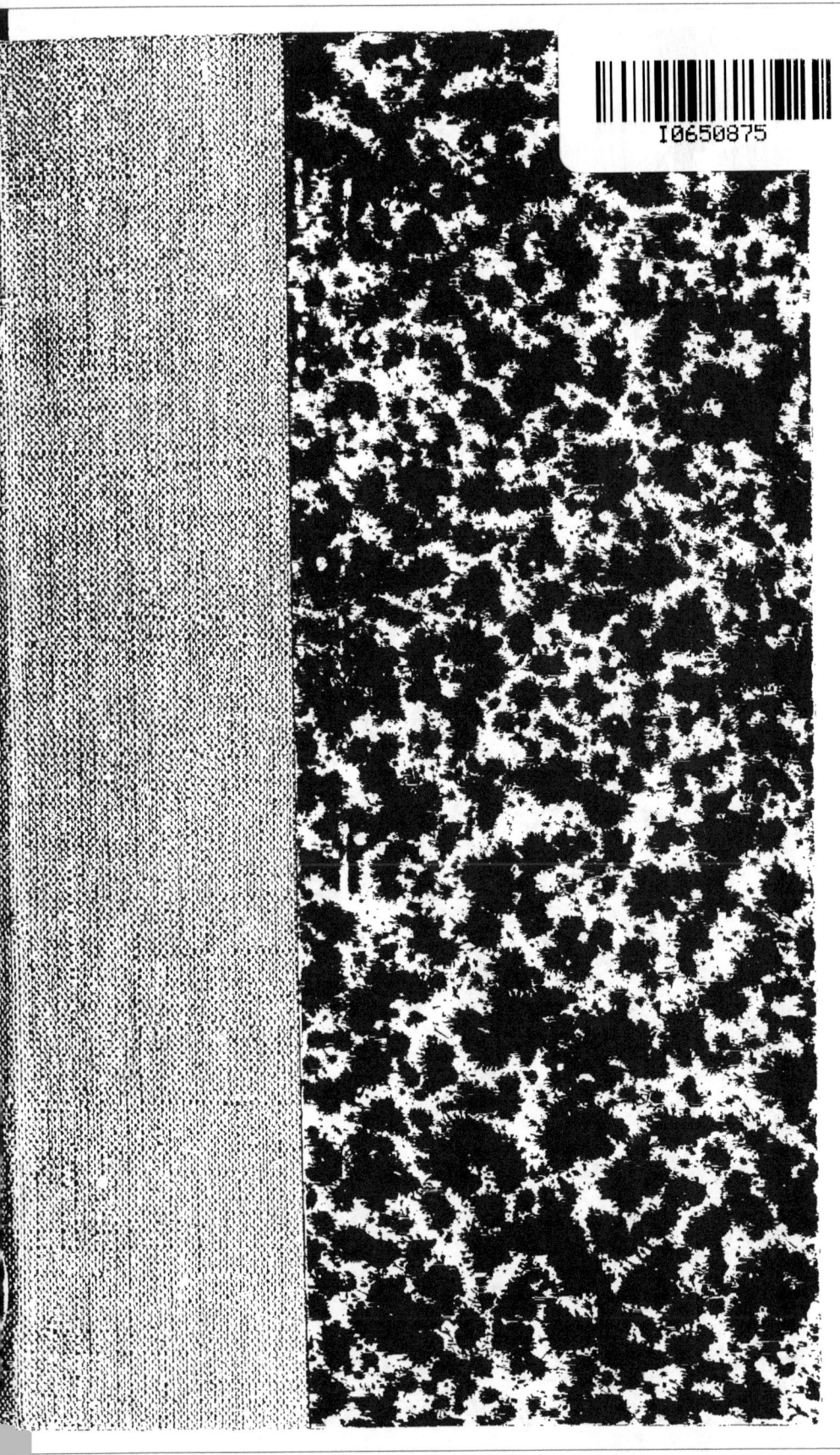

I0650875

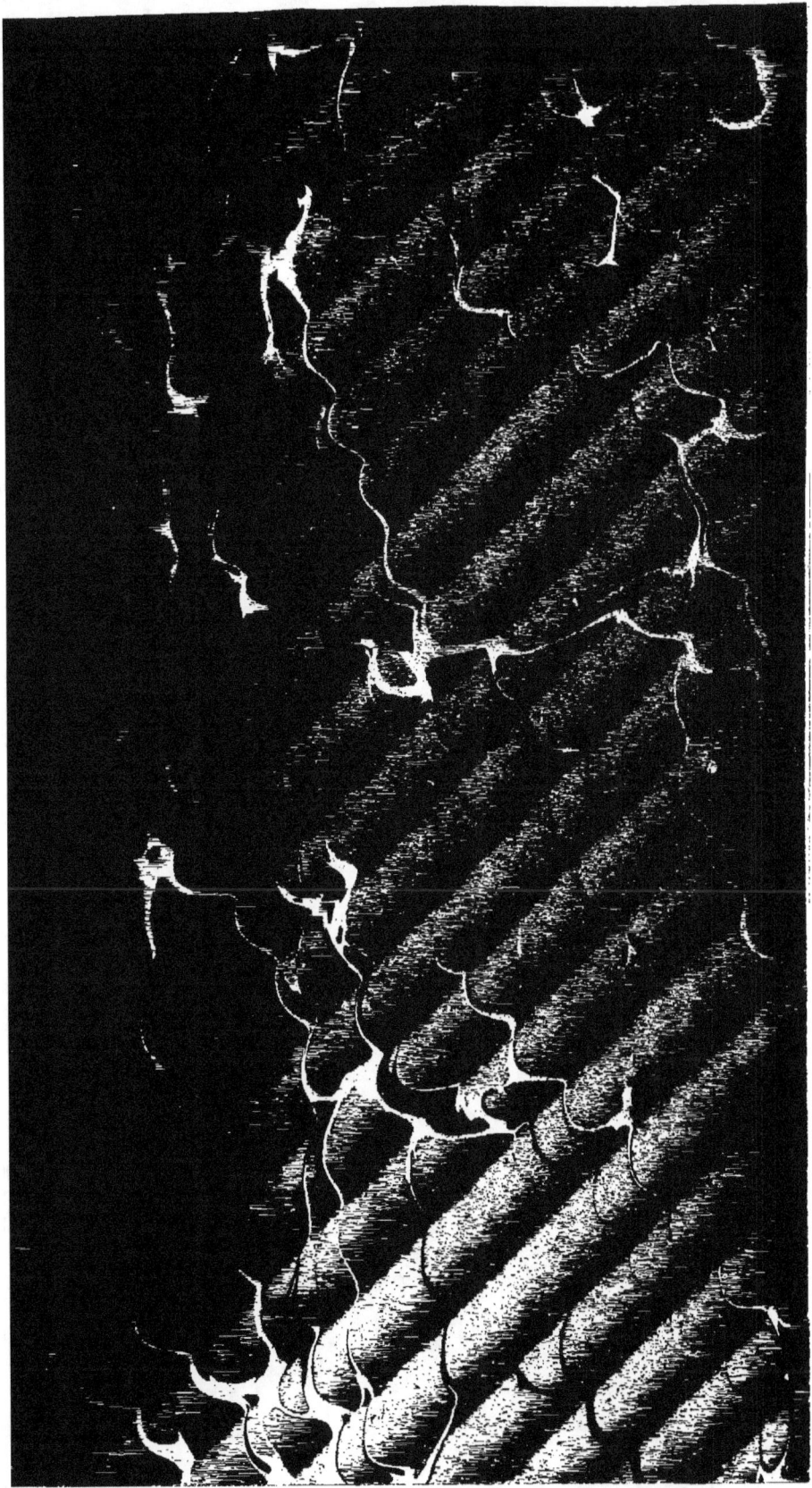

SATIRES

ET

POÉSIES

PAR

M. P. Thorel

PROFESSEUR DE LANGUES ET DE LITTÉRATURE

A PARIS

CHEZ GARNIER FRÈRES, LIBRAIRES

Rue Richelieu, 10, et Palais-National, 215 bis

ET A BORDEAUX

CHEZ L'AUTEUR, RUE DE L'ÉGLISE-SAINT-SEURIN

Et chez les principaux Libraires

1851

SATIRES

ET

POÉSIES.

Paris, imp. Guiraudet et Jouaust,
338, rue Saint-Honoré.

SATIRES

ET

POÉSIES

PAR

M. P. Chorel

PROFESSEUR DE LANGUES ET DE LITTÉRATURE

A PARIS

CHEZ GARNIER FRÈRES, LIBRAIRES

Rue Richelieu, 10, et Palais-National, 215 bis

ET A BORDEAUX

CHEZ L'AUTEUR, RUE DE L'ÉGLISE-SAINT-SEURIN

Et chez les principaux Libraires

1851

SATIRE I.

JOHN BULL.

Pavane-toi, John Bull, et que la terre entière
Fléchisse sous le poids de ta parole altière.
La France, sans pâlir, brave ton pavillon.....
Fais sentir ta cravache à ce peuple brouillon ;
Des coalitions n'as-tu plus la mémoire ?
Pour les soldats du knout n'as-tu plus le pour-boire ?
Ne sais-tu plus, perfide, user de trahison ?
Et, pour l'or de la Chine, échanger ton poison ?

Par Saint-George! on verra ce que peut ton audace!

A quel prix et pourquoi tu concèdes ta grâce!

Modère ton tonnerre et calme ton courroux;

Partout, sont des agents de ta gloire jaloux.

Quand un peuple trahi par la foi britannique

Appelle sur ton front la vindicte publique,

Quelque plume vénale, officieusement,

Sait distinguer John Bull de son gouvernement.

Sur cette question, j'ai l'humeur peu traitable;

J'ai même, à ce sujet, l'âme peu charitable.

Je fus toujours de ceux qu'on ne marchande pas;

Je suis lent à blâmer, mais ce n'est jamais bas.

Ma voix rude ne sait déguiser sa colère;

Ma parole toujours fut juste, mais sévère.

A l'aigreur, je ne puis mêler un peu de miel,

Et, dût-on m'accuser d'amertume et de fiel,

Ma lèvre ne peut feindre un souris qui grimace.

Faut-il le mot qui mord, je le jette à la face.

Est-ce mal? Je ne sais me repentir jamais.

Sait-on pourquoi mon cœur, à l'aspect d'un Anglais,

Frémit, impatient, de mépris et de haine ?

L'Anglais, c'est le reptile ; il se glisse, il se traîne,

Et, par ruse ou par force, ou par séductions,

Il s'élance d'un bond sur l'or des nations.

Déchaîne, ô Némésis, ton ardente colère !

Agite et fais siffler ta sanglante lanière !

Vienne à ton tribunal ce peuple brocanteur,

Égoïste, perfide, avare et corrupteur.

En ouvrant au hasard quelques feuillets d'histoire ,

On y lira des noms d'exécrable mémoire.

J'ai nommé la Guyenne.... aussitôt, aux aguets ,

Vous apparaît dans l'ombre un des Plantagenets.

Donne à baiser ta main , lubrique Éléonore;

Ton front ne sut jamais la honte qui colore !

Quand, te fermant son lit, un monarque loyal

Voulut, exempt d'affront, garder son front royal,

Aux baisers d'un Anglais, femme parjure et reine ,

Tu donnais le Poitou, la fertile Aquitaine.

Pour les reconquérir, la France, de son flanc,

Vit couler à longs flots le plus pur de son sang !

Quel dégoût au seul nom d'Isabeau de Bavière !
Flétrissure, infamie au cœur sec d'une mère
Qui foule la nature et livre sans effort
Le sceptre de son fils à l'insolent Bedfort !
Qu'ils sont grands, ces Anglais ! et que grande est leur âme !
Tous les moyens sont bons : l'opprobre d'une femme,
Les amours d'un Dauphin, les terreurs d'un vieux roi !
Ils exploiteront tout. Le bel honneur !... Mais quoi !
J'entends sonner encor le tocsin des batailles.
Orléans, tu verras au pied de tes murailles,
Au combat accourir, préludant par des chants,
Des bataillons guidés par la fille des champs.
D'où vient, fils des Gaulois, l'ardeur qui vous enflamme ?
Où vont tous ces guerriers pressés sous l'oriflamme ?
Est-ce un nouvel affront du farouche étranger ?
C'est Jeanne la Pucelle accourant vous venger.
Son bras lance la foudre et frappe sans relâche.
Que d'étendards anglais abattus par sa hache !

Que de casques brisés, de lances en tronçons !

Que de fiers chevaliers qui vident les arçons !

Où sont donc, ô Bedfort ! tes phalanges si fières ?

Jeanne, l'épée aux reins, leur montre les frontières.

Ton orgueil, souffleté par un bras si petit,

Demande une vengeance, en son lâche dépit !

Et tu sauras trouver un stratagème infâme

Pour livrer au bûcher... ton vainqueur... une femme !

Ce n'est là qu'un essai, généreuse Albion ;

Tu porteras plus haut ce glorieux renom !

Henri VIII !... roi bourreau... quelle poitrine d'homme

Ne frissonne d'horreur quand l'histoire le nomme ?

De courtisan de Rome, intolérant, cagot,

Par appétit charnel, il se fit huguenot.

Ris donc, béat Anglais, de la foi gallicane !

En songeant au berceau de l'église anglicane,

Tu peux certes, tu peux, farouche puritain,

T'écrier : Anathème au pontife romain !

Car ton pontife Henri n'avait point de souillure,
Et jamais culte n'eut une source plus pure !
Howard et de Boleyn, de votre amant royal
La lèvre boit le sang et l'amour est fatal !
Assez d'autres ont dit vos légendes sanglantes :
Honte à ce roi repu de vos chairs palpitantes !

Sa fille Élisabeth, l'orgueil du trône anglais,
Ne se couronna pas de moins nobles forfaits.
Son sang illégitime est bien le sang du père,
Et souvent dans son cœur rugissait la colère.
O fille des Stuart, fuis de ce sombre bord,
Où tu ne trouverais que les fers ou la mort !
Pourrais-tu désarmer ta superbe rivale ?
Le tigre mord toujours tant que l'ennemi râle !
Accours, John Bull, viens voir un spectacle si beau !
Pour victime, une reine, une autre pour bourreau !
Viens hurler tes *vivat :* de ta reine immortelle
La main sait manier la hache paternelle !
Célèbre par tes chants ce règne glorieux ;

Pour exalter son nom, brûle l'encens des dieux !

Et toi, sombre Cromwell, illustre fanatique,
Viens joindre ta figure à ce cadre historique.
Dis-nous par quel secret, dis-nous avec quel art,
Sous le masque d'un saint, trop habile cafard,
Tu vouas au billot une royale tête,
Et sus à tes desseins soumettre la tempête ?
Robespierre, Danton, eurent même jouet ;
Mais la hache frappa pour un plus noble objet ;
Alors, avait sonné l'ère républicaine,
Et les rois se montraient tout armés dans l'arène.

Fais résonner tes cors, embouche tes clairons ;
Pour tes hurras bruyants, gonfle bien tes poumons.
Jette-nous, Albion, tes menaces altières ;
Le Nord répétera tes fanfares guerrières.
Dans tes brouillards épais, un jeune astre surgit ;
Au cabaret, éclot la faconde de Pitt.
C'est un rude jouteur ; mais sa fureur hautaine,

Donne un nouvel essor à l'aigle souveraine.

Organise du Nord les pesants bataillons ;

Solde-les de ton or ; remplace leurs haillons.

Que t'importe, dis-moi, de voir fouler des crânes ?

Le sang qui n'est pas tien n'est qu'un sang de profanes.

A l'abri dans ton île, encore auras-tu peur !

A l'appétit brutal jette un or corrupteur.

Meurs à la tâche, ô Pitt, augmente tes subsides.

Un jour, un jour viendra que ces Francs intrépides,

Soit par les éléments, soit par la gloire usés,

Invaincus, tomberont sous le nombre,... écrasés !

Alors, brave John Bull, tu prendras ta revanche.

Ils seront désarmés, ta fureur sera franche.

N'as-tu pas, dans tes ports, mille charniers flottants,

Où tu peux torturer ces guerriers insolents ?

Enfin vient de sonner cette heure tant promise ;

Le sang gaulois rougit les flots de la Tamise.

A leurs cris de douleur, sans pitié répondons :

A l'eau ! c'est un Français... dégorgeons les pontons !

Tels sont vos ennemis, nobles enfants de France !

Oh ! vous serez plus grands, au jour de la vengeance !

Tyrans, dont, tant de fois, le vieux trône croula,

Revêtez aujourd'hui votre habit de gala ;

Enivrez-vous d'encens, entonnez vos fanfares !

La victoire a, pour vous, des heures , quoique rares.

Aux parades menez vos serviles soldats.

L'aigle n'a plus d'élan ; le géant des combats,

En vain, presse les flancs de la France épuisée :

A force de frapper, sa lame s'est brisée.

Ainsi succombera, sans reproche et sans peur,

Tout preux qui porte au front l'auréole d'honneur.

Tu n'as plus peur, John Bull, exalte ton courage ;

Au colosse abattu, viens prodiguer l'outrage.

Brise, vieux Walter-Scott, ton crayon enchanteur ;

Deviens, de romancier, historien menteur.

Au manteau de César, jette ta bave immonde ;

Son nom, comme sa gloire, emplit encor le monde !

Que ton âme était grande, ô héros immortel !

Tu mis à ta hauteur ton ennemi mortel.

Proscrit, tu n'allas point mendier une aumône

Aux rois auxquels ta main fit don d'une couronne.

Ton cœur impérial, dans sa noble fierté,

Crut aux lois de l'honneur, à l'hospitalité !

Jette un nouvel éclat, étoile britannique,

Le grand homme a nommé ton foyer domestique ;

Aux âges tu diras, noble et fière Albion :

Là, tous les soirs, venait s'asseoir Napoléon !

C'était trop de grandeur pour ta brutale haine !

Parjure à ton serment, tu nommas Sainte-Hélène !....

L'Océan, dirait-on, pour un autre bûcher,

Dans sa rage, vomit cet odieux rocher.

Mais où trouver un homme assez vil et sans âme,

Qui voulût de geôlier briguer la tâche infâme ?

L'Angleterre, en tout temps, si féconde en bourreaux,

En recrute partout,... parmi ses généraux,

Sur les degrés du trône, au milieu de la plèbe,

Parmi ses parias, et les serfs de la glèbe ;

Mais elle sait, voilant ses noires actions,
Sous un masque dévot paraître aux nations.

Hudson-Lowe! quel nom, pour qui porte un cœur noble !
Tombe, vomis ta proie! Apparais, ombre ignoble !
L'histoire, à tes pareils, garde un châtiment prompt.
Marche aux siècles futurs, le stigmate à ton front !
Le ciel, en te donnant l'astuce et la bassesse,
Te fit naître geôlier : cruel avec adresse ,
Guerrier couard, de gloire et d'honneur peu jaloux,
Mettant ton glaive au croc pour le bruit des verrous,
Avec un cœur de boue, une âme impitoyable,
Tu mis bientôt à fin ton œuvre abominable !
Napoléon est mort ! Va donc, tendant la main,
Va le redire à ceux qui t'ont fait assassin !
Car l'Angleterre attend, et cette tendre mère,
Aux enfants tels que toi garde un riche salaire!

Chantez vos *Te deum:* il n'est plus! Cette fois.
Bannissez toute crainte, ô magnanimes rois !

Gardez-vous , insensés , de clameurs triomphantes ,

Car est-il bien solide en vos mains défaillantes ,

Ce sceptre qu'en jouant le Corse glorieux

Passa de main en main à ses soldats heureux ?

Mon vers n'a pas assez de force dans son aile

Pour aller jusqu'à vous, ombre grande, immortelle !

Mais mon cœur a du fiel assez pour vous flétrir,

Rois, à vaincre impuissants, forts pour faire mourir !

France, vois-tu John Bull danser sur une tombe?

C'est qu'il n'a plus le spleen quand ta gloire succombe !

Vois donc comme il se gorge et de vin et d'orgueil !

Vois-le porter ses toasts à tes heures de deuil !

Vois comme d'un complot il sait ourdir la trame,

Comme il sait bien l'astuce et l'arme qui diffame !

Pour venir à ses fins , à de sûrs résultats ,

Tous moyens lui sont bons, honteux ou délicats.

Énumérez les faits de la vieille Angleterre;

Sous ses mille reflets, voyez son caractère,

Ici, souple et rampant; là, fier et fanfaron,
Fourbe dans les traités, perfide à Quiberon ;
Tantôt, en pleine paix, insidieux corsaire ;
Ou, dans un port ami, farouche incendiaire ;
Allié de l'Espagne, insolent et pillard,
Tel qu'un vautour, planant au haut de Gibraltar,
S'offre-t-il une proie, il s'élance, et vorace,
Il l'étreint aussitôt de sa serre rapace.

Et c'est avec ce peuple, aux serments si menteurs,
Que nous voulons unir nos brillantes couleurs !
J'ai redouté toujours l'entente cordiale :
La foi dans les traités ne saurait être égale.
Le canon de Beyrout, Tahïti, Mogador,
La Grèce et Montpensier, si nous doutions encor,
Pour notre enseignement sont une preuve amère
Qu'entre John Bull et nous, tout accord est chimère.
Restons sages, mais forts dans notre isolement.
Fiers de notre passé, disons résolument :
La France, s'il le faut, peut, avec confiance,

Agir seule ou porter son poids dans la balance,

A son gré, proclamer ou la guerre ou la paix ;

Mais, gorger de son or des alliés... jamais ! !

SATIRE II.

Vérités.

VÉRITÉS.

L'homme naît, brille un jour, s'use vite, et succombe :
L'intervalle est si court, des langes à la tombe !
Du renom à l'oubli, de l'éclat au néant,
C'est trop d'un jour, d'une heure ; il suffit d'un instant.
Après bien des travaux, des affronts, des bassesses,
Pour un titre, un ruban, ou pour quelques largesses ;
Pèse-t-on la valeur de ces hochets divers ?
Dites-moi, que faut-il ? Il ne faut qu'un revers.

Il faut, pour bien juger, mettre dans la balance,

Le mérite réel, et la vaine apparence ;

Si nous voulons enfin trouver la vérité,

Il faut passer du prisme à la réalité.

Tel, que le sort traita toujours avec rudesse,

Prend tout-à-coup les noms de Grandeur et d'Altesse.

Cet homme, qui vécut sur la terre d'exil,

Et qui, pour s'élever, affronta le péril,

Hier raillé, honni de la foule imbécile ;

Aujourd'hui proclamé par ce peuple mobile,

Dont l'aveugle faveur, le portant au pavois,

Fait l'idole du jour du proscrit d'autrefois,

Cet homme tombera, quand finira l'extase,

D'un trône dans les fers, du sommet à la base.

Ce changement subit étonne et vous surprend ;

Et savez-vous pourquoi l'on monte et l'on descend ?

Pourquoi ces jeux cruels, ces coups de la fortune,

Font tomber sans pitié du faîte à l'infortune ?

C'est qu'au bas de l'échelle on est mal satisfait,

Et qu'on est trop peu fort pour rester au sommet ;

Que, souvent, le dédain d'un homme de génie

Fait germer dans les cœurs ou la haine, ou l'envie.

Tel autre qu'on élève au niveau d'un héros,

Qu'on exalte à l'envi, qu'on vante à tout propos,

A qui la voix publique a donné pour partage

La valeur, le génie, et les vertus d'un sage,

Quand vous l'approcherez, ne vous y trompez pas,

Vous apparaîtra nul, s'il ne descend plus bas.

Examinez de loin ce Crésus du commerce,

Sur de riches parquets, sur des tapis de Perse,

Souvent, le rouge au front, promenant son ampleur,

Ayant comptoir au Havre, et comptoir à Honfleur.

Il sert, dans ses salons à la forme élégante,

Des ambigus exquis et la truffe odorante,

Dont la femme du Maire et celle du Préfet

Sont friandes en diable et vantent le fumet.

Il a biens de labour, plusieurs hôtels en ville,

Une loge au théâtre, avec le rang d'édile.

Il use largement d'un immense crédit ;

Mais ne lui parlez pas de perte ou de profit ;

Pourrait-il s'occuper d'un bordereau, d'un compte ?

Un homme comme lui... Quel affront !... Quelle honte !

Quand il fait sa balance, au dernier mois de l'an,

Pour solder ce qu'il doit, s'il signe son bilan,

La fortune a trahi ses belles espérances.

Il avait oublié le jour des échéances.

Et certes devait-il, du haut de sa grandeur,

S'abaisser au niveau d'un petit brocanteur ?

C'est un pauvre failli, vous dira le grand monde !

Que sa chute est amère ! et sa douleur profonde !

Moi qui, comme Boileau, nomme tout par son nom,

A haute voix, je dis : Cet homme est un fripon !...

Et combien voyons-nous de gens dont la puissance

Va grandissant toujours, quand ils sont à distance ?

Observons-les de près, et, sur leur piédestal,

Nous les verrons pâlir en face d'un rival.

Lorsque le peuple gronde, et qu'un trône s'écroule,

Voyez-vous se hisser du milieu de la foule

Ces petits intrigants jusqu'alors inconnus,

Hères de carrefour, hâves et presque nus ?

Ils courent, d'un état quand le timon s'affaisse,

Les uns sus aux débris, les autres à la caisse,

Tous prompts à la curée; on en voit quelques uns

S'essayer dictateurs de grotesques tribuns.

Celui-ci sait la ruse, et celui-là l'audace.

Plus d'un hanta jadis les tréteaux de la place,

Et, montrant aux badauds son habit d'arlequin,

Humait, après ses tours, sa chopine de vin.

Un autre, pour dompter la fortune rebelle,

De son maigre cerveau, fait éclore un libelle

Qui nivellera tout, et donne pour certain

Que les fruits du labeur et l'or de mon voisin

Ne sont à Paul, à Jean, mais bien à tout le monde;

Que la propriété, sur la machine ronde,

Devra se partager à tous, en lot égal,

Pour extirper le vice et supprimer le mal.

A ces rêveurs, je dis : Imposture et mensonge !

Vous êtes à l'état la vermine qui ronge

Tous les liens sacrés de la société ;

Vous basez vos calculs sur l'immoralité ;

Sur la confusion tout votre espoir se fonde.

Hier, manquant de tout, aujourd'hui tout abonde ;

Repoussant vos haillons, vous vous faites coquets,

Et maîtres arrogants, de très humbles valets.

Ce superbe tribun à si larges idées,

Qu'un vulgaire ignorant élève à vingt coudées,

Dont les puissants poumons peuvent sans nul effort,

Jeter à la tribune un verbe haut et fort,

A bien pu voir, un jour, briller sa renommée :

Le géant, en une heure, est devenu Pygmée.

Mais on n'arrive pas à son risque et péril,

Sans voler au trésor de quoi dorer l'exil.

On a fait tant de bruit, tant paré de coquettes,

On a tant, par l'orgie, accumulé de dettes,

Tant de dettes encor par la Bourse et le jeu,

Qu'un jour, dans son pays, il faut tout mettre en feu.

On conspire ou l'on va haranguer sur la place,

Se faire agitateur, flatter la populace,

Soulever les pavés, attaquer le pouvoir....

Au fait, que risque-t-on lorsqu'on n'a plus d'espoir?

Vos dettes, devant vous, allaient ouvrir la geôle,

Un bouleversement promet le Capitole ;

Le masque tombe enfin.... Quand on a fait ses frais,

On savoure, exilé, le fin pouding anglais.

Certes, je veux encor mettre à nu le poète ;

La satire, pour lui, ne sera pas muette.

Je dirai sans détour à l'enfant d'Apollon

Que son astre s'éteint, s'il quittte l'Hélicon ;

Les muses n'aiment point le bruit de la tribune ;

Son langage imcompris, sa verve inopportune,

Ne sauraient arriver au ton obséquieux

Qui convient au pouvoir. Un mot mélodieux,

Qui caresse l'ouïe et qui charme les Grâces,

Tinte comme un vain son au tumulte des masses.

Le poète qui prend son essor vers les cieux,

Qu'un feu sacré transporte, et qu'écoutent les dieux,

Tel que le rossignol, fuyant la servitude,

Chante, chante toujours, et, dans la solitude,

Suivant qu'un jour le fait ou riant ou pensif,

Son luth trouve un accent ou suave ou plaintif.

Ce poète inspiré chante, jamais ne brigue ;

Il vit dans la retraite, échappant à l'intrigue,

Chantant la liberté, la gloire, les amours,

Et fuit avec dédain l'étiquette des cours.

Si son cœur a du fiel, ce n'est que pour les vices ;

S'il se montre indulgent pour d'innocents caprices,

Il désigne du doigt, frappe de traits aigus,

L'opulent corrupteur et les hommes vendus.

Dois-je épargner ici cette tourbe inquiète,

S'arrogeant sans pudeur le titre de poète ;

Ils torturent sans cesse et la rime et le sens,

Se produisent partout, se donnent de l'encens.

Tout sujet les inspire, et, du lit à la table,

Parmi des flots de vin, leur verve infatigable

Chante, sur tous les tons, en un style nouveau....

En vîmes-nous jamais un plus large et plus beau?

Les maîtres du Parnasse ont-ils, par l'harmonie,

Egalé leur entrain, leur élan, leur génie?

De la muse moderne avides nourrissons,

Ils jettent leurs outils pour suivre ses leçons.

Le destin fut aveugle en les faisant manœuvres;

Certes, ils étaient nés pour de plus hautes œuvres;

Pour traîner à leur barre un ministre insolent,

Qui n'a su distinguer et payer leur talent.

S'ils quittent l'atelier, ce n'est pas, quoi qu'on dise,

Pour hanter la taverne et par fainéantise;

C'est pour que l'ouvrier, ayant droit au travail,

Dicte ses lois au maître, et monte au gouvernail.

Pour prendre le pinceau, s'ils jettent leur défroque,

C'est afin de flétrir les repus de l'époque,

Pour que, de la fortune opérant un retour,

Ils puissent, eux aussi, se repaître à leur tour ;

C'est enfin pour huer, traîner aux gémonies,

L'homme fort qui déjà succombe aux calomnies.

Tous ces plats avortons, ces redresseurs de torts,

Ces défenseurs du lâche, au détriment des forts,

Sont pareils aux carlins, qui, d'une humeur chagrine,

S'attaquent aux passants, mais craignent la houssine.

Je veux, en peu de mots dire la vérité.

A ces tabellions, types de probité,

A ces riches banquiers, à ces agents d'affaires,

Qui des deniers privés se font dépositaires,

Et qui, leurs coffres pleins et le terme expiré,

S'éclipsent emportant le dépôt si sacré.

N'ouvrez pas le boudoir de cette grande dame,

Dont le regard sait feindre une pudique flamme,

Car, au lieu d'y trouver et morale et vertus,

A vos yeux paraîtrait, cacochyme et perclus,

Un riche et vieux magot, vidant son escarcelle

Pour payer l'amour feint que lui vendra la belle.

Mais évitez surtout, et fouillez moins encor

Ces palais, ces hôtels, où tout resplendit d'or,

Où vivent à grands frais ces nobles gens de robe,

Juges et magistrats, classe que l'on dit probe.

Là, vous sauriez pourquoi tant d'imprévus décrets,

Et, contre tout espoir, tant d'étranges arrêts ;

Vous sauriez, par le poids jeté dans la balance,

Assigner une source à pareille abondance.

Arrêtons... Aussi bien, si mes vers indiscrets

Poursuivaient leur élan, sondaient tous les secrets ?

Si, déchirant le voile, ici, j'osais tout dire,

J'userais tous les nœuds du fouet de la satire.

Je préfère, taisant d'horribles vérités,

Laisser quelque répit à vos cœurs attristés !

SATIRE III.

WILLIAM PITT.

Pour l'homme qui se vend, pour une âme servile,
L'éloge fut toujours une tâche facile.
Le pouvoir sut toujours à d'abjects courtisans
Prodiguer beaucoup d'or pour quelques grains d'encens.
Tout ministre sans foi, corrupteur et perfide,
Pour flatteur, pour ami, trouve un Dundas avide,
Et, fourbe sans pudeur, cruel sans s'émouvoir,
Gravit par tous moyens l'échelle du pouvoir;

3

Mais parfois il se trouve un censeur équitable
Qui brandit en grondant sa verge impitoyable,
Et, s'il ne peut frapper le colosse vivant,
Inflige à sa mémoire un stigmate infamant!

J'oserai soulever la pierre tumulaire
Que décerna l'orgueil à l'homme sanguinaire
Dont le génie altier vingt ans ensanglanta
Tous les états ligués que son or acheta.
Je veux dire de Pitt la grande politique ;
Politique sublime (en style britannique),
Qui gronde, menaçante, avec les impuissants,
Et rampe avec ceux-là qui sont forts et vaillants.

Pitt fut sec, bilieux; ses traits furent sans charme;
Il fut froid, impassible, et jamais une larme
Ne vint mouiller son œil au regard dur, hautain ;
Son âme n'éprouva nul sentiment humain.
Son élan au pouvoir fut soudain, intrépide;
Il avait soif de sang, sa course fut rapide.

Il baise, patelin, la main qu'il repoussa,

Avec fureur il mord celle qu'il caressa.

A Fox, son vieil ami, sa haine atrabilaire;

Aux Dundas et consorts un abondant salaire;

Et, pour régir sans frein la superbe Albion,

Il usa le sarcasme et la séduction.

Fox offre au parlement la paix américaine.

Pitt, de sang altéré, donne essor à sa haine;

Il froisse un noble cœur, et puis, railleur amer,

Aux paroles de paix répond avec le fer.

Mais à l'orgueil anglais sa rage fut fatale;

D'une sœur irritée, il fit une rivale,

Qui, dans un temps prochain, ira, pour l'insulter,

Jeter aux vents ses os pourris dans Westminster.

Pitt avait l'esprit prompt, la réplique mordante,

Des élans vigoureux; sa parole éloquente

Entraînait, maîtrisait le noble parlement,

De ses desseins cachés trop docile instrument.

Par d'impuissants efforts l'Angleterre épuisée

Semble-t-elle entrevoir le but de sa pensée ?

Habile à s'effacer, mais jamais abattu,

Il s'affuble un instant d'un masque de vertu.

La retraite est si propre à de sourdes menées !

Les intrigues des clubs, de succès couronnées ;

Des agents à sa solde, adroits et dévoués ;

De noirs projets conçus et jamais avoués ;

Une haine profonde, et, vivace dans l'âme,

La vengeance à l'affût de quelque trame infâme ;

Tout l'or qu'il dissipa, les piéges qu'il tendit ;

Voilà tous les secrets, voilà l'âme de Pitt !

Le charme captieux d'une faconde habile,

Un parlement esclave, un roi faible, imbécile ;

Caresses, froid dédain, employés tour à tour,

Un de ces mots heureux si puissants à la cour ;

La révolution passant comme une trombe,

Tous les rois conjurés, la France qui succombe ;

Des bulletins menteurs par les faits démentis ;

Pour de nouveaux efforts, des emprunts consentis ;

Des subsides nouveaux, pour nouvelles alarmes;
Tels furent ses moyens, telles furent ses armes!

Appuyé par la cour, indispensable au roi,
A son gré respectant ou déchirant la loi,
Grâce au riche avenir qu'il prédit au commerce,
Aux mille fictions dont le peuple se berce,
Il décuple l'impôt, et mène en souverain
Le parlement, qui tremble, incliné sous sa main!
Certes, il put ainsi traiter ses créatures :
Plats courtisans, voués aux intrigues obscures,
Hommes affamés d'or, toujours au premier rang,
Pour un titre, un emploi qui se vend à l'encan.
Qu'on proclame des lords les talents, la sagesse!
Qu'on vienne me vanter leur grandeur, leur noblesse !
D'un couvert à Windsor, s'ils se montrent jaloux,
Pitt les donne ou les vend; ils vont, à deux genoux,
Lui prodiguer leur voix. Honorable ressource,
Pour créer au trésor une nouvelle source!

Dans vos brillants congrès, parlez haut, potentats ;

Mettez le fer aux mains de vos nombreux soldats.

Vous pouvez, dix contre un, vous ruer sur la France,

Pitt a de l'or, et Pitt vous la paya d'avance.

Burke n'a-t-il pas dit qu'avec un peu de sang,

De la carte de France, il ferait un point blanc?

L'insensé duc de Kent, son brave et digne émule,

Qui ressent l'aiguillon et que le grog stimule,

N'a-t-il pas, par Saint-George, engagé ses paris,

Qu'une pointe pourrait le mener à Paris?

Et ce fameux d'York, présomptueux bravache,

Qui, loin de l'ennemi, s'escrime sans relâche,

Sans pitié ni merci, pour ses premiers essais,

D'un glaive flamboyant pourfendra les Français!

Si, par fatalité, ce héros intrépide

Va chercher un abri sur la plaine liquide,

Respectez sa valeur et ne le raillez pas ;

Savait-il, dites-moi, ce qu'a de force un bras

Qui, pour briser les fers d'un trop long esclavage,

Combat et ne sait point d'obstacle à son courage?

Pitt, tous les jours, attend un pompeux bulletin,

Car l'Europe vaincra, son triomphe est certain.

Déjà son cœur, tout bas, caresse l'espérance

De se repaître enfin des revers de la France,

Et, d'avance dressant ses listes de fureur,

Sa haine y portera le deuil et la terreur.

Quel bruit retentissant!... Quel est ce cri de gloire?

Il vient de Marengo, c'est un chant de victoire;

C'est le toast triomphant des bataillons français;

C'est un écot payé par le trésor anglais!

Que t'ont servi, grand Pitt, ton or et tes subsides?

Le grand peuple triomphe.... et tes caisses sont vides!

Lui supposais-tu donc le flegme de John Bull?

Le glaive a déjoué ton ignoble calcul!

Va, dévorant ta honte à la face du monde,

Te rouler de dépit comme un reptile immonde;

Et, sur nos plus beaux faits distillant ton poison,

D'un nouvel incendie allumer le brandon;

Et si la nation par toi si méprisée

De l'Europe te fait la honte et la risée,

Ravive, tu le peux, tes projets clandestins,

Tu peux te redresser et forcer les destins.

Pour tromper la longueur de tes nuits d'insomnie,

Contre tes ennemis arme la calomnie;

Et, des rois consternés ranimant la fureur,

De leurs propres sujets fais leur naître la peur.

La haine est plus vivace après une défaite :

Pour tuer le serpent, il faut broyer sa tête.

France, point de repos! rassemble tes guerriers;

La gloire les appelle à de nouveaux lauriers;

La gloire qui toujours fut leur plus chère idole,

Et qui leur mit au front sa brillante auréole.

Vois ce nuage, au loin, grossir à l'horizon !

Ton ennemi mortel ourdit la trahison.

Pitt saura, de Venise empruntant le cynisme,

D'un clergé dégradé flatter le fanatisme.

Et, s'il le faut, pour vaincre, ivre d'un fol espoir,

De l'évêque de Rome il tiendra l'encensoir,

A ses plans odieux donner toutes les formes,

Caresser les vertus et les vices difformes;

Mettre l'or et le fer aux mains des assassins,

Marchant sur un cadavre, arriver à ses fins;

User à ces moyens sa sauvage énergie,

Ce fut pour le grand Pitt jeu de diplomatie;

Science dans laquelle il n'aura point d'égal!

Jeu sanglant, où brilla son génie infernal!

Les outrages de Pitt, ses fureurs sanguinaires,

Excitèrent l'horreur dans l'âme de nos pères.

Le lâche ne se bat que s'il est à couvert;

Le brave, lui, s'élance et frappe à découvert;

Car il est des moyens plus dignes, plus sublimes,

Des moyens avoués par des cœurs magnanimes.

L'honneur qui vient guider un courage éprouvé

Porte un peuple vainqueur sur un faîte élevé,

D'où son bras tout-puissant peut foudroyer des trônes,

Dicte ses lois au monde et brise des couronnes.

Quoi! toujours des revers! .... O Pitt! Destin fatal!
Quoi! ce peuple maudit.... sur son char triomphal,
Poursuivant les hauts faits de sa vaillante audace,
Vient déjouer tes plans et t'insulter en face?
Oh! que c'est bien la honte et le dépit amer ;
Le supplice à Satan réservé dans l'enfer!

S'il est lent à sévir, le ciel, dans sa colère,
Garde pour le méchant un châtiment sévère,
Par un espoir déçu sait confondre l'orgueil,
Changer l'heure de joie en une heure de deuil.

Quel homme mieux que Pitt sut, avec prévoyance,
Ourdir, créer des plans? dire avec confiance :
Avec l'or et l'Europe, on ne peut succomber,
Sous ces coups réunis un peuple doit tomber.
Ce peuple libre et fort, appuyé sur ses armes,
Reste toujours debout et se rit des alarmes ;
Méprise le péril, appelle le combat,
Est triomphant ou meurt.... C'est le peuple soldat,

Le peuple souverain, dont l'âme retrempée

Fait respecter son nom par sa vaillante épée.

Son bras a cette fois frappé le coup de mort;

Pitt s'affaisse mourant sous un dernier effort.

Le dernier bulletin est le glas, le suaire;

Le soleil d'Austerlitz, la torche funéraire

De cet homme de sang dont Satan fut jaloux,

Et que le ciel vengeur pétrit dans son courroux.

Son génie effrayant put ébranler la terre;

Seul, vingt ans il soutint la discorde et la guerre;

Vingt ans il combattit progrès et liberté.

Dans les traités, il fut sans foi, sans loyauté.

Dans le recueillement de son heure dernière,

Sa lèvre trouva-t-elle une sainte prière?

Son œil se mouilla-t-il, comme pour le pardon?

Son âme trahit-elle un élan d'abandon?

La haine vit encor quand sonne l'agonie,

Et, réchauffant le cœur d'un semblant d'énergie,

Elle a pour dernier mot un sarcasme odieux,

Et, tout près de finir, elle outrage les cieux !

Pitt demandait au rhum une brutale ivresse,
Pour fuir un cauchemar qui l'obsédait sans cesse,
Et narguer le destin qui proclamait vainqueur
Ce peuple vainement proscrit par sa fureur.
Dieu l'avait fait semblable au tigre, dont la rage
Ne s'éteint qu'en mourant et survit au carnage,
Et son nom, en tout temps, maudit et détesté,
Demeurera l'effroi de la postérité.

SATIRE IV.

La Lanterne Magique.

LA LANTERNE MAGIQUE.

Quittons pour un moment la sphère politique,
Lecteurs, et venez voir ma lanterne magique.
Si vous n'y voyez pas le sang couler à flots,
Les peuples révoltés, des ligues, des complots,
Par la mine sauter bastions et murailles ;
Si vous n'entendez pas le canon des batailles,
Le cliquetis du fer, le cri des combattants,
Les hymnes des vainqueurs, le râle des mourants,

Ces joyeuses clameurs, ces bravos de la foule,
Aux derniers craquements d'un trône qui s'écroule,
Vous y verrez du moins des tableaux variés,
Quelques croquis plaisants, assez coloriés,
Que je vais esquisser, sans fiel et sans rancune,
Pour dérider mon front, et sans malice aucune.
De mes pâles couleurs j'emploierai tout l'apprêt
Pour les rendre amusants et de quelqu'intérêt.

A ma palette s'offre une telle série,
Que je ne sais comment ouvrir ma galerie.
Si, pour jeter un trait, j'ai chargé mon pinceau,
Un sujet vient s'offrir, plus piquant, plus nouveau.
Du croquis commencé je perds bientôt la trace,
Je barbouille ma toile, et mon travail s'efface;
Mais, voulant, cette fois, fixer mon chevalet,
Je m'en vais, tout d'abord, vous peindre le valet.

Il en est de tout rang et de toute nuance;
Chacun, grande ou petite, ayant son influence :

Ici, valets de cour, en habit galonné,

Montant un équipage élégant, blasonné;

Là, valets d'antichambre, et c'est la pire espèce,

Que vous trouvez partout, que vous voyez sans cesse,

Étalant leur livrée avec morgue et hauteur,

Et vous jetant à peine un regard protecteur.

C'est la même famille : avec l'âme vénale,

Tous ont un front d'airain, adresse sans égale;

De parler, de se taire, ils savent l'à-propos;

Pour les ris ou les pleurs ils sont toujours dispos.

La nature aux valets fit don de la souplesse,

Les doua d'un tact sûr, d'une grande finesse.

Angéliques et purs si leur maître est moral,

Effrontés libertins s'il est enclin au mal,

C'est par métier qu'ils ont des vertus ou des vices,

Se font singes du bien, ou flattent nos caprices;

Pour me servir enfin d'un langage plus net,

Escobar, en son temps, eût fait un bon valet.

On doit se découvrir quand on parle d'un sage;

4

Inclinez votre front devant ce personnage

Qui siége au tribunal avec grand apparat :

C'est un fils de Thémis, un grave magistrat.

S'il ne pèse pas tout dans la même balance ,

Gardez-vous envers lui de trop d'irrévérence.

Est-il homme ici bas, illustre ou bien obscur ,

Toujours inaccessible à ce métal impur

Dont l'attrait tant de fois a surpris la justice ,

Opprimé le bon droit , et protégé le vice ?

L'ange résista-t-il à l'esprit tentateur ?

Tout homme, dit l'adage, est sujet à l'erreur.

En public , voyez-vous conduite plus austère ?

Nulle tache à ses mœurs, même la plus légère.

Il ne vous dira pas qu'en douce intimité,

Dans un boudoir discret, il perd sa gravité :

C'est l'usage au palais; dans la magistrature,

On trouve , plus qu'ailleurs, une ardente nature.

Tout membre est le héros de quelque liaison ,

Le père nourricier de quelque Louison.

Sur ce sujet glissant si je passe un peu vite,

C'est qu'il y a péril quand la robe s'irrite.

Ce groupe d'habits noirs si bien époussetés
Représente à vos yeux les quatre facultés.
Remarquez ce docteur : rarement il se flatte ;
Il vous parle *humerus*, clavicule, omoplate ;
Il condamne Leroy ; si, même, il est en train ,
Il tance vertement Broussais et Dupuytren.
Son verbe, haut et fort, de finesse pétille ;
Il gagna ses degrés aux bals de la Courtille.
Dans son art, à l'en croire, il n'a pas de rival ;
Ses remèdes toujours ont triomphé du mal.
Mais ne le froissez pas : l'orgueilleux Esculape
Jamais n'a pardonné le bon mot qui le frappe. !

Son voisin du barreau, plus vif et plus courtois,
Promène en tous les sens un œil louche et matois,
Sourit à tout le monde, et, plein de déférence,
Accourt tout empressé, vous fait sa révérence.
Ses dossiers sous le bras, il se rend au palais,

Où l'attend le débat d'un immense procès.

Il commence d'abord d'une voix grave et lente,

Et, bientôt, pour l'enfler, il la rend glapissante,

S'agite, se démène, et prouve à son client

Que, s'il perd le procès, il gagne son argent.

Mais, briller au barreau, c'est gloire trop commune;

Sa faconde appartient à plus haute tribune,

Et, d'un club rouge ou blanc orgueilleux candidat,

Il se fait fort, lui seul, de régenter l'état.

Le troisième, à vos yeux, se pose plus modeste,

Avec un ton plus grave, un langage moins leste;

Bientôt sa voix parcourt tout son diapason :

Voyez déjà son œil luire comme un charbon !

Voyez-le, pour prouver que son école est bonne,

Rajuster son toupet de docteur de Sorbonne.

Un moment sur cet autre arrêtez vos regards.

Comme il est sûr de lui!.. C'est qu'il est maître ès arts

C'est un compendium de toutes les sciences,

Digne de tous honneurs, de toutes récompenses.

Si vous parlez d'écus, il est à son dernier ;

Il loge son savoir sous le toit d'un grenier.

Son foyer est si triste, et sa table si maigre !

Pourquoi tel dénûment ? Il vous dit d'un ton aigre :

Le faux brillant seul règne, est l'idole aujourd'hui

N'allez pas au savoir demander un appui.

Portez dans le public le don de la parole,

Ayez de reçu du ciel quelque talent frivole ;

Inventez quelques tours, calembours ou bons mots ;

Faites sur une corde et des bonds et des sauts ;

Sur les planches montrez vos figures grotesques,

Empruntez de Pasquin les tirades burlesques :

Oh ! vous pourrez ainsi porter haut votre essor ;

Certes, vous remplirez votre escarcelle d'or.

Vous aurez, dans le monde, un rôle d'importance,

Vous revendiquerez des titres, la naissance !

Cotez cent mille francs le gosier d'un chanteur ;

Sur le taux d'un valet payez un professeur,

Usez même envers lui de morgue et de rudesse,

Et quand vous le verrez courbé par la vieillesse,
Lorsqu'il s'affaissera sous le poids de son mal,
Donnez-lui pour retraite un lit à l'hôpital.

Ce croquis, direz-vous, peut-il nous faire rire?
La pitié ne sied point au sel de la satire.
Faudrait-il allonger, élargir le sujet?
Nous l'aimons mieux plus court, mais mordant et complet
L'infortune, toujours, réagit sur mon âme;
Mais, pour vous obéir, je peins la grande dame:
Non pas celle qui donne une larme au malheur,
Mère de l'orphelin, ange réparateur,
Qui porte à la mansarde et le pain et la joie,
Qui d'un rude sentier sait égayer la voie,
Ouvre sa bourse au pauvre, un refuge au proscrit,
Que le monde révère et que le ciel bénit;
Mais celle qui possède et dont le cœur est vide,
Qui près de l'indigent passe d'un pas rapide,
Qui du monde et du luxe a l'amour et le goût,
Qui d'un pauvre réduit s'éloigne avec dégoût,

Sans laisser de ses mains échapper une obole,

Ou, pour vous consoler, trouver une parole.

Certes, je pourrai bien, de mon fouet vengeur,

Fustiger sans pitié cette femme sans cœur.

Quoique sur le retour, la lionne est coquette;

Voyez-la se cambrer sous sa riche toilette.

Ses énormes appas, ramollis par les ans,

Ont vu diminuer le nombre des amants.

Elle a beau mettre en jeu l'art des minauderies,

Missives et poulets, tendres agaceries,

Tous les jours, d'un dédain elle subit l'affront,

Chaque jour voit creuser une ride à son front.

Elle qui se croyait la femme sans rivale,

Est réduite à nouer une intrigue banale

Avec un jeune fat, qui marchande son cœur

Pour avoir un couvert et payer son tailleur.

N'espérant plus l'encens de la galanterie,

Pour ne plus, dans un bal, faire tapisserie,

N'éprouvant en amour que froideur, trahison,

Elle quitte Vénus pour passer au blason.

Elle se prend d'amour pour nobles damoiselles,

Vous parle pont-levis, créneaux, vieilles tourelles ;

Bien que nous n'ayons plus de nobles châtelains,

De vassaux, ni de serfs, gens de glèbe, ou vilains,

Dans son rêve brillant, la folle créature,

Comme au vieux temps, dira qu'il est une roture.

Elle prend en pitié l'air et le ton bourgeois,

Elle espère revoir les mouches d'autrefois.

Puis, son rêve fini, qu'elle retrouve, seule,

Le bonnet qui coiffa sa vieille bisaïeule,

Elle pâlit de honte, en voyant qu'au moulin

Commencent sa noblesse et tout son parchemin !

Désirez-vous savoir quel est ce long jeune homme

Qui passe radieux, et comment on le nomme?

Héros d'estaminet, type de fashion,

C'est l'élégant du jour; on le nomme lion.

Voyez comme avec grâce il porte sa cravate !

Comme il en fait jouer la bordure écarlate !

Est-il une beauté qui ne brigue son choix ?

La grisette, la dame, iront subir ses lois.

De belles, de houris, il n'est jamais en quête ;

Il court, nouveau Faublas, de conquête en conquête.

Il n'est pas de vertu qui ne désire cheoir,

Qui puisse résister, s'il jette son mouchoir.

Il laisse le boudoir, quitte la maréchale,

Pour cueillir dans les champs la fleur d'une vestale.

Cependant, qui dirait que cet heureux vainqueur

A trente sous par jour loge chez un traiteur ;

Qu'il rançonne son père, et qu'il vient du village,

Pour apprendre les lois et pour faire son stage ;

Que, pour ce brillant rôle, il n'a pas un écu ;

Que la sueur d'un père est tout son revenu ?

Aux conquêtes du fat croyez comme aux vains songes :

Ses prétendus exploits ne sont que des mensonges.

Privé de tout mérite, et fort prétentieux,

Des femmes la risée, en amour malheureux,

Il va partout offrir sa personne importune

Au dédain de la blonde, au mépris de la brune ;

Et, partout éconduit, il cueille ses lauriers
Dans les bouges suspects de quelques bas quartiers.

Je pourrais dire un mot des poètes en herbe,
Du poète au *bouquet*, du poète à la *gerbe*,
La seconde sans grain, et le premier sans fleurs ;
Pour un autre croquis je garde mes couleurs.
Leur esprit est sans nerf, et leur muse grelotte.
Je passe, pour finir à la fausse dévote.

Si la femme pieuse inspire un saint respect,
De la dévote ayez le culte un peu suspect ;
Rarement recueillie, et toujours en prière,
Elle cache en son âme un venin de vipère.
A peine de retour du saint confessionnal,
Elle porte chez elle un désordre infernal.
Nul soin pour son ménage, au mari peu soumise,
Elle va, tout le jour, sommeiller à l'église.
Colombe blanche et douce avec son directeur,
A la maison c'est bien la bacchante en fureur.

Comme son cœur palpite... et comme elle est heureuse
En brodant du quartier l'histoire scandaleuse !
Laissez-la bavarder, et son caquet malin
Va vous dire en détail les secrets du voisin.

Mon titre, je le crains, pourrait à la critique
Prêter à mordre... Quoi ! la Lanterne magique....
Est-ce là, dira-t-elle, un sujet digne et beau?
L'auteur eût bien mieux fait de laisser son pinceau.
Mais, si vous n'en trouviez la peinture trop terne,
Pour me plaire, lecteurs, venez voir ma lanterne.

SATIRE V.

La Sainte-Alliance.

LA SAINTE-ALLIANCE.

Un peuple généreux, brave, soumis aux lois,
Toujours prompt à combattre à l'appel de ses rois,
Donna son or, son sang, illustra leur mémoire,
Et sur leur nom jeta tant de reflets de gloire,
Que bientôt, oublieux et d'orgueil délirants,
Ils rêvèrent un culte, et se firent tyrans.
Alors fous et varlets, selon leurs bons caprices,
Alors des favoris, le cœur pourri de vices;

Des valets pourvoyant à d'ignobles plaisirs,

Et des mignons voués à de sales désirs.

A ces vils intruments, il faut quelques largesses;

Il leur faut des honneurs, les gorger de richesses.

Le peuple, à cette fin, doublera son labeur,

Le fisc lui ravira le pain de la sueur;

Chaste, mais belle, hélas! la fille de servage

Subira les baisers d'un seigneur de village;

Pour la sauver, l'époux court supplier en vain...

Arrière!.... vil manant.... qu'on chasse ce vilain!

Abus, honte, corvée, oppression, misère,

Allument dans les cœurs des foyers de colère.

Le peuple souffre encor, mais gronde sourdement.

Telle une nue, au loin, se forme lentement;

Puis mugit l'ouragan qui porte la tempête;

Puis l'orage qui crève et fond sur votre tête!

Enfin, luit un grand jour, c'est le jour du réveil.

Honteux d'un long repos, secouant son sommeil,

Par trop aiguillonné, le lion populaire

Fait un bond, bat ses flancs, puis, dressant sa crinière,

Il rugit de fureur et s'apprête au combat....

La peur est au palais..., la générale bat,

La mèche est aux canons... : menaces inutiles!

Le sang que verse à flots le feu roulant des files

Inonde des palais les dalles et les cours ;

Le peuple, en longs torrents, déborde et suit son cours !

Son pied foule déjà la demeure royale ;

Il marque de son sang sa marche triomphale,

Enseigne aux nations le cri de liberté,

Et brise avec fracas un sceptre ensanglanté !

Sur la tête d'un roi, son bras impitoyable

Lève, et laisse tomber la hache formidable !

Alors, ivre de sang et tout couvert de fer,

Il regarde le monde, en peuple libre et fier !

Aux peuples asservis l'écho parti de France

S'en va porter au loin un cri de délivrance,

Qui, dans des clubs, d'abord, sourdement répété,

Se répand et s'élève en chants de liberté !

Il dit à l'univers l'ère grande et nouvelle

D'un peuple ornant son front d'une palme immortelle,

De son glaive couvrant les peuples opprimés,

Pour défendre leurs droits levant ses fils armés.

Mais, de rage, les rois frémissent sur leur trône;

Ils pressent sur leur front leur tremblante couronne,

Pensant mettre une digue au torrent furieux,

Et par la peur unis, ils se liguent entre eux.

De soudards affamés les hordes mercenaires

Accourent à leur voix, lâches incendiaires,

Et traînent à leur suite et la flamme et la mort!

Soldats au cœur de glace, et vomis par le nord.

L'homme libre bondit lorsque le bronze tonne.

L'eclave a peur, sitôt que le clairon résonne!

Gloire ni liberté ne font battre son cœur;

Courbé sous le bâton, insensible à l'honneur,

Méprisé de ses chefs, triste, cruel, avide,

Il n'a de l'animal que la force stupide.

Sont-ce là des guerriers pour voler aux combats?

Les despotes n'ont-ils que de pareils soldats ?

Le serf peut-il sentir l'aiguillon de la gloire ?

Ses lèvres entonner un hymne à la victoire ?

Connaît-il la valeur d'un titre à conquérir ?

Pour ne mourir jamais, sait-il vaincre et mourir ?

Tu le sais toi, du moins, digne enfant de la France !

Lauriers, gloire, combats, sont tes jouets d'enfance.

Ivre de liberté, fier, courageux et fort,

Insouciant et gai, jouant avec la mort !

Intrépide au péril, dont ta valeur se raille,

Tu conquiers un grand nom dans un jour de bataille.

Une sourde rumeur vole de rang en rang.

Debout, Gaulois, debout ! car il faudra du sang !

Pour qu'à ton bras nerveux on rive d'autres chaînes,

Que de sang et de morts vont engraisser nos plaines !

Vingt fois victorieux, il te faut vaincre encor

Des bataillons sans nombre, achetés avec l'or.

Mais sur ton sol sacré le vieux Brunswich bivouaque.

Entends au loin hennir le coursier du Cosaque.

Le czar mène au combat ses orgueilleux barons,

Qui jettent en fuyant leurs défis fanfarons.

Déployant l'édendard, mais encore indécise,

Soit prudence ou terreur, l'Autriche temporise.

L'Espagnol au midi, les Bataves au nord,

Des armes, contre toi, veulent tenter le sort.

Quand, sur le continent, quelque haine déborde,

Habile à fomenter le trouble et la discorde,

L'Angleterre aux aguets, par un calcul pervers,

A l'abri du péril, souveraine des mers,

De l'or du continent et de son sang avide,

Pour raviver la guerre invente le subside,

Et, leur vendant son fer au poids de leurs écus,

Armera tour à tour et vainqueurs et vaincus!

Toute l'Europe en feu!... Quel effrayant spectacle!

L'homme libre sourit : il n'est aucun obtacle

Pour qui brave la mort en défendant ses droits,

Pour un peuple debout et faisant face aux rois.

Contre lui que pourraient ces légions d'esclaves?

Ces soldats abrutis par d'ignobles entraves ?

Bataillons sans élan, aux despotes vendus,

Qui viendront se briser à Jemmape, à Fleurus !

Peuple, tu n'es donc plus une vile canaille !

En avant.... car ton nom grandit dans la bataille.

Vois l'ennemi, déjà, sous ta valeur ployer ;

La honte au front, vois-le regagner son foyer.

Pour châtier des rois la jactance si fière,

Sur leur sol envahi, va, plantant ta bannière,

Enseigner aux tyrans que l'on voudrait en vain

Par les armes dompter le peuple souverain.

Tout fuit épouvanté devant la République.

Les despotes, saisis d'une terreur panique,

Pour protéger un jour leurs trônes chancelants,

Deviennent vils flatteurs, de maîtres insolents.

L'Angleterre, bientôt, dissipant leurs alarmes,

Leur jette à pleines mains de quoi forger des armes ;

Et, pour souffler sa haine aux petits potentats,
Pitt a promis à tous d'agrandir leurs états.
Il faut plus d'un revers pour rendre l'homme sage,
Il faut des flots de sang et des champs de carnage,
Sous les pieds des chevaux broyer les nations,
Moissonner par le fer des générations !

Donne de l'or, ô Pitt ! il faut du sang encore,
Du sang, pour étancher la soif qui te dévore !
De l'or, pour subvenir aux cabales des rois,
Toujours prêts à combattre, et battus tant de fois.

Fais sonner le rappel, France républicaine :
De nouveaux champions se montrent dans l'arène.
Range sous ton drapeau les glorieux enfants ;
La liberté les guide, ils seront triomphants !
Il faut gloire, combats, à leur âme intrépide,
Des périls à braver dans leur course rapide ;
Des victoires sans nombre, à raconter le soir,

Pour titre des duchés, des trônes pour s'asseoir!

La trompette a sonné de nouvelles fanfares.

Pour qui ces cris de mort et ces hurras barbares?

L'écho nous porte un bruit, c'est la voix des canons.

Quel est cet ennemi ? Quels sont ces gonfanons?

Ce sont les vaillants serfs du boïard moscovite.

Ils ont compté leurs pas, pour reculer plus vite ;

Et, pour prouver enfin combien leur czar est grand,

Honteux de toujours fuir, font face à Friedland.

Après avoir soumis tes superbes rivales,

A tes pieds avoir vu toutes les capitales,

Le despotisme altier se faire si petit,

Et des fronts couronnés mendier à Tilsit ;

Tu crus, France, pouvoir, après vingt ans de gloire,

Inscrire tes enfants au temple de mémoire ;

Offrir quelque repos à ces nobles guerriers,

Dans une longue paix leur tresser des lauriers,

Un vieil orgueil toujours avec peine se courbe :

Impuissants aujourd'hui, les rois savent la fourbe ;
Ils mentent dans leur âme, en faisant leurs serments,
Leurs paroles de paix cachent des armements ;
Et ce démon d'orgueil, l'Angleterre, si prompte
A réveiller la haine où sommeillait la honte,
Va, jusqu'au fond du Nord, chercher, sous ses frimas,
Un nouvel ennemi, pour de nouveaux combats.

On ne combattra plus nos héros invincibles,
On n'arrêtera plus nos phalanges terribles ;
Mais on leur laissera l'espace, les déserts,
La cendre des cités, la glace des hivers !
Et, dans les éléments mettant leur confiance,
Les rois vont proclamer une sainte alliance ;
Que, devant leurs sujets, courbant leur majesté,
Ils leur parlent tout haut de droits !... de liberté !...
Pour laver, à leurs fronts, la honte qui les ronge,
Il est de sûrs moyens: l'astuce et le mensonge !
Franchises, liberté, qu'ils maudissent tout bas,
Promesses, qu'au jour dit ils n'accompliront pas,

Ils exploiteront tout, et, trop prompts à les croire,

Aveugles, abusés, comptant sur la victoire,

Tous les peuples unis, déployant leurs drapeaux,

Volent de toute part à des combats nouveaux ;

Il n'est race lointaine, horde ou tribu nomade,

Qui n'offre un contingent à la sainte croisade.

Relevez votre front, monarques aux abois !

Sans gloire au champ de Mars cherchez d'autres exploits !

D'un espoir décevant caressez vos esclaves,

Et nombreux ils vaincront... Le nombre fait les braves.

Ce sceptre, dans vos mains et si rude et si lourd,

Un jour déposez-le, pour le reprendre un jour ;

Et, le péril passé, n'ayant plus rien à craindre,

Redevenus tyrans, vous cesserez de feindre.

Mais quel aveuglement, ô peuples insensés,

Vous excite à mourir pour des trônes usés !

Baisant avec respect la main qui vous opprime,

Acceptez de vos rois le dédain légitime.

Et, sans leur plus parler de serments et d'honneur,
Esclaves, courbez-vous... Vos maîtres n'ont plus peur.

Pleure tes légions, jette un crêpe sur elles,
La victoire pour toi va replier ses ailes;
Pour ton cœur, noble France, il est un jour de deuil :
Elles vont succomber, mais c'est avec orgueil !
Ces braves légions, par leur vaillante audace,
De leurs pas glorieux, partout, laissant la trace;
Aux peuples ont ouvert un horizon nouveau,
Victoire plus durable, et triomphe plus beau !
En burinant leurs faits et leur gloire immortelle,
L'histoire leur réserve une page bien belle.

France, garde ton lot : ta révolution
A dignement rempli ta sainte mission.
Ton brillant étendard cet arc-en-ciel du monde,
Fit jaillir de ton sein la lumière féconde,
Qui partout alluma des foyers de clarté,
En prêchant union, amour, fraternité !

Ton nom brillant au loin apparaît comme un phare

Aux peuples malheureux et qu'un destin barbare

A placés sous la loi de maîtres orgueilleux,

Despotes insolents, tyrans capricieux.

Mais quand pour eux luira le jour de la justice,

Si, pour briser leurs fers, sonne une heure propice,

S'ils tournent leurs regards vers toi, leur bonne sœur,

S'ils appellent tes vœux, France libre, dis-leur :

Aux rois seuls l'épouvante... Allons, frères, courage !

J'ai mes regards aussi tournés vers votre plage;

Si je pleure avec vous sur vos preux expirés,

A vous mon or, mon bras, frères régénérés !!!

SATIRE VI.

Carillon.

❖

A Belval.

CARILLON.

Je ne saurais, Belval, quoi que tu puisses dire,
M'affranchir, à mon gré, de la fureur d'écrire,
Etre long-temps fidèle à mon ferme propos
De laisser pour toujours le scandale en repos.
Je pourrai, si tu veux, approuvant ta prudence,
Ecouter tes avis et garder le silence;
Consentir une trève, et, pour un vain renom,
Ne pas tout critiquer, tout nommer par son nom.

Mais tant que je verrai peser dans la balance

Rarement la morale et toujours la licence,

Ma muse n'entend plus qui veut la gourmander ;

Elle acère ses traits, bien loin de s'amender.

Comme un arc trop tendu, qui brise enfin sa corde ;

Comme un vase trop plein, qui fuit et qui déborde,

Tel on voit un censeur qu'on voulait museler

Tordre et briser le mors, s'il brûle de parler.

Rien ne peut tempérer le vers atrabilaire,

Dont il frappe et poursuit le vice en son repaire,

Pour déchirer son masque, et, d'un trait vigoureux,

Étaler au grand jour son visage hideux.

Vers sa chute on dirait que le monde gravite ;

L'impudeur a touché sa dernière limite ;

Notre siècle avec lui porte un germe fatal,

Près d'atteindre et franchir tous les degrés du mal.

Quand je vois au sommet dominer le scandale,

Dans un réduit caché s'abriter la morale,

Qui semble par ses cris appeler un vengeur,

Cet appel à mon front fait monter la rougeur.

Je maudis toute trève, et je me fais un crime

D'avoir contraint un jour une brûlante rime.

Dussé-je être partout honni, persécuté,

Je provoque à mon ban la triste humanité,

J'introduis jusqu'au vif mon scalpel dans ses plaies.

Si mes traits sont aigus, mes esquisses sont vraies ;

Et m'enquérant fort peu de la classe ou du rang,

Je fonds sur toute proie et je mords jusqu'au sang.

Tel rêveur avec peine élabore un sophisme ;

Il se croit un oracle et prêche l'athéisme.

Désertant sa croyance, en lâche renégat,

Pour toute arme, il aura recours au plagiat.

Dans quelque vieux bouquin qu'il compulse et qu'il fouille

Croit-il voir une preuve, il en fait sa dépouille,

Et pose triomphant l'axiome final :

Un Dieu, serait bêtise... et s'il est, c'est le mal.

L'homme, nous dira-t-il, s'éteint comme la bête.

Nier tout, c'est montrer une si forte tête,

Qu'un vulgaire ignorant proclame novateur
Ce copiste servile et plat compilateur.

Entends-tu bourdonner ces frelons de notre âge,
Qui vont dans toute ruche, et, prêtres du partage,
Prônant l'égalité, ne portent au commun
Qu'un fort grand appétit ; en fait d'écus, pas un !
De marâtre fortune ils furent la victime ;
A quiconque possède ils imputent à crime
Si d'un frère indigent il n'obtient le pardon
En faisant de tout bien un entier abandon.
Veux-tu qu'au marc le franc à tous la part soit faite ?
Quand le dernier écu soldera la guinguette,
Tu verras mes frelons, que rien ne peut changer,
Tous crier au voleur, et qu'il faut partager.

Avec soin celui-ci cumule, c'est l'abeille ;
Celui-là le frelon, qui bourdonne ou sommeille ;
Et, le bien se groupant au bout de quelques mois,
Il faudra partager, quatre, dix fois, vingt fois.

Lorsque ta bourse hausse, et que la mienne baisse ;

Frère et bon citoyen, tu partages sans cesse.

Pour toi c'est le travail, pour moi c'est le sommeil ;

Je digère tranquille, et le ventre au soleil.

Tu me passeras bien ces innocents caprices

Qu'un pédant moraliste appelle abus ou vices.

Lorsque j'ai de l'argent, je le mène bon train.

Dis-moi, pour le viveur est-il un lendemain ?

Quand je n'ai plus l'obole, et sans réserve aucune.

Ne vais-je pas puiser à la masse commune ?

Halte-là ! diras-tu, c'est le terme final

Où viendra s'arrêter le niveau social.

L'État, pour le moment, sous sa main paternelle

Entasse tous les biens, les prend sous sa tutelle.

Lui seul, maître absolu de la propriété,

Seul, il peut la gérer de par l'égalité.

Il donnera pour lot à ce bon populaire

Même étable, même auge, avec même salaire.

Pêle-mêle parqué dans un vaste atelier,

Chacun exercera son art, ou son métier.

Plus de prérogative, et plus de tâche vile;

Tous fraterniseront, l'incapable et l'habile,

La robe et le sarrau, l'artiste et le goujat,

L'exécuteur public avec le magistrat.

Tout beau!... répondra-t-on; ce moyen, quoi qu'on dise,

Sera bien l'âge d'or de la fainéantise.

Si l'un consomme deux et qu'il produise trois,

Dans son cœur fraternel il se dira, je crois:

Pendant qu'au cabaret Paul néglige sa tâche,

Au chantier j'irai, moi, travailler sans relâche!

Et toi, qui réunis l'adresse et le talent,

Tu devras suppléer l'inepte et l'indolent!...

Est-ce là, diras-tu, le droit? est-ce justice?

Comme bon citoyen, tu dois ce sacrifice.

A la sueur du front, et d'un travail constant,

Tu dois alimenter, choyer le fainéant.

Et ne va pas prétendre, en père de famille,

Conserver une dot pour marier ta fille.

Laisse-lui l'avenir, l'État s'en chargera;

Qu'elle travaille ou non, elle se pourvoira.

Assouvis l'appétit d'une ardente nature,
A tes fougueux désirs livre-toi sans mesure,
Jouis de ton vivant, car, le possesseur mort,
L'État, seul héritier, vide le coffre-fort.

Cependant, nous voyons ce cher pays de France
S'émouvoir, applaudir à pareille démence,
De ces auteurs quand même, à la gloire importuns,
Exalter l'insolence, en faire des tribuns !
Eux dignes, tout au plus, de faire une campagne
Dans l'enclos de Bicêtre, ou les préaux du bagne.
Où sommes-nous, grands Dieux ! Dans quels égarements
L'homme peut-il tomber? quelles mœurs? et quel temps?
De paix et de concorde il n'est plus de vestige,
La vertu sur les cœurs a perdu tout prestige.
Pour la souffrance, il n'est ni pitié, ni respect.
Surprend-on un regard, il vous paraît suspect.
Toute bouche blasphème, et n'a point de prière
La débauche opulente exploite la misère.
Pour sauver sa pudeur la vierge tend la main....

Va, change tes baisers pour un morceau de pain !

La douleur a brisé tout lien de famille ;

Le mari vend sa femme, et la mère sa fille.

Tout homme fait sa dupe, et dit : Chacun pour soi.

Tout court vers le chaos ; il n'est ni foi, ni loi ;

En un mot, retournant à l'état de sauvage,

De la divinité l'homme n'est plus l'image.

Eh bien ! veux-tu toujours m'imposer un bâillon,

De ma muse indignée émousser l'aiguillon,

Me gourmander encore, accuser ma rudesse,

Si je crayonne un trait de notre pauvre espèce ?

L'épigramme chez moi n'usa jamais de fard ;

En face, et sans détour, j'aborde le cafard ;

Je fouille ses secrets, je sonde sa conduite,

Qui de saintes couleurs avec soin est enduite.

D'une fausse vertu j'arrache le vernis :

Je découvre aussitôt des vices infinis.

Je traduis à ma barre une femme impudique,

Dont le front, impassible à la honte publique,

Peut se rire de tout...; qui, moderne Laïs,

Après avoir traîné ses appas dans Paris,

De plus jeunes appas, quand finit sa carrière,

Cumulant les profits, sait se faire rentière!

A ma barre viendront ces prudents usuriers

Qui savent en écus changer tous leurs deniers.

Il faut pour ce trafic une finesse telle,

La justice est si prompte et la loi si formelle,

Que, s'ils ouvrent leur bourse... oh ! c'est bien par pitié.

Toutefois, de la somme ils gardent la moitié,

Nantis de bons billets, de bonnes signatures,

De contrats bien en règle, et d'hypothèques sûres.

Pour qui frappe chez eux, ils ont pour argument :

Par Dieu! l'argent est rare, et si rare vraiment !

Vouloir s'en dessaisir, c'est faire un sacrifice !

Même en vous dépouillant, ils vous rendent service.

Ici comparaîtront ces habiles courtiers,

Professant, j'en conviens, le meilleur des métiers.

Pour maint et maint comptoir se mettent-ils en course,

Comme un ballon bientôt tu vois gonfler leur bourse.

Courtier pourvu d'office ou bien courtier marron,

Dieu me garde, Belval, de crier au larron !

Savent-ils ménager, et la hausse, et la baisse?

Par ce savant trafic leur pécule s'engraisse.

Je ne veux pas finir sans tracer en passant

La noblesse du jour, le très haut commerçant.

Chargé de sa valise, et la poche légère,

Il quitta jeune encor l'établi de son père,

Mais avec le projet et le modeste espoir

De se faire garçon ou coureur de comptoir.

Ce chemin-là conduit bien plus loin qu'on ne pense.

Bientôt il voit s'ouvrir une carrière immense.

Qu'il juge par ses chefs la dose de raison

Suffisante à qui veut fonder une maison.

Le secret pour cela, la suprême science,

Est de savoir compter, et faire une balance ;

A ses bons commettants déguiser le passif,

Et leur faire entrevoir un imposant actif.

A qui voudrait avoir un grand crédit sur place ,

Il faudrait: point d'esprit, moins de fonds que d'audace.

La chance est-elle heureuse, il vous solde comptant;

Mais elle tourne mal : il donne vingt pour cent.

Tel est le vrai moyen de s'enrichir plus vite ,

Son négoce s'étend de faillite en faillite.

De sa dame, Belval , faudra-t-il te parler?

Trouve une Du Barry qui puisse l'égaler !

L'argent a-t-il besoin d'une noblesse antique ?

Elle prit ses quartiers dans une humble boutique ,

Où, faisant sa moisson de beaux et bons deniers ,

Elle s'enquérait peu de mouches, de paniers.

Son vêtement d'hier sent encore la sardine.

Elle n'a rien perdu de sa gaillarde mine.

Sans doute elle fera plus d'un *cuir* en causant;

Mais glisse sur le mot; galant et complaisant ,

Dis que sa diction est pure, harmonieuse ;

Vante-lui son esprit et sa réplique heureuse ;

Tiens sans cesse en réserve un compliment banal,

Admire avec extase ou sa robe, ou son schall.

C'est faux; mais dis toujours que son teint est de rose :

Tu seras son charmant... si tu veux... autre chose.

SATIRE VII.

Coup-d'œil sur l'Europe.

COUP-D'ŒIL SUR L'EUROPE.

Qui pourrait sans effroi regarder l'avenir ?
Quel oracle saurait nous dire et définir
Ce point à l'horizon qui noircit et qui gronde,
Ces bruits vagues et sourds, et la tare profonde
Qui gagne tous les rangs de la société,
Qui s'offre inexplicable à l'œil épouvanté ?
L'oracle dirait-il : L'Europe décrépite
A sa prochaine fin court et se précipite ?

A la France aurait-il donné la mission
De sceller par son sang sa rénovation ?
Je ne sais, mais je sens que mon âme, enchaînée
Au caressant espoir de cette destinée,
Prédit au nom français le titre si flatteur
De moderne Messie et de rénovateur.

Pour dire ce qu'il faut d'angoisses et d'alarmes,
De flots de sang versé, de douleurs et de larmes ;
De soldats égorgés et de membres épars,
Sur l'Europe il suffit de porter nos regards.
Pour ouvrir, commencer la nouvelle carrière,
La France à l'avant-garde a marché la première.
Quelques peuples, voulant la suivre en son essor,
Sont retombés vaincus par l'intrigue et par l'or
D'un ennemi caché, de forces conjurées,
Par des armes contre eux sourdement préparées.
Énumérez des rois les puissants éléments,
Ce qu'il faudra de lutte et de déchirements ;
A combien de périls il faudra faire face,

Pour saper les abus de l'époque qui passe.

L'Italie est debout, l'éclat du nom romain
Pourra briller encor sur le mont Aventin.
Des voix à l'unisson, comme la voix d'un homme,
Chantent la liberté sur le Forum de Rome;
Et ces chants, par l'écho jusqu'à Vienne portés,
Du caduc Metternich déchirent les traités.
Pour aller châtier l'insolente vassale,
Ferdinand lancera son aigle impériale;
Il demande de l'or à ses riches magnats,
Double la ration de ses pesants soldats,
Caresse le projet et l'espérance folle
De planter sa bannière au haut du Capitole.
Mais le vieux sol romain de la France est trop près
Pour devenir la proie et l'enjeu d'un congrès.
Si, par un jour de deuil, cette sœur est frappée,
Son bras est toujours fort; le poids de son épée
Pencherait en faveur des peuples opprimés,
Écraserait des rois les bataillons armés.

Oh ! ne demandons rien à l'antique Ibérie ,

Le sol en est brûlant ; ce n'est plus la patrie

Des Cid , ni des Cortez , ni des grands-ducs d'Alba.

On y sème la mort au nom de Jéhovah.

On cite toutefois pour héros de sa gloire

Un soldat de fortune, un duc de la Victoire,

De Londres débarqué, sentinelle aux aguets,

Qui d'un hôte exigeant garde les intérêts.

Ce duc improvisé, ce héros homérique,

Trop petit pour subir la verge satirique,

Fit assez pour clouer son nom au pilori,

Et servir de pochade au bon *Charivari*.

Ne vous y trompez pas, pour briser toute entrave

Il naîtra d'autres Cid , car l'Espagnol est brave;

Mais ce peuple, aujourd'hui décimé par le fer,

Rançonné par ses chefs, exploité par Bulwer

(Qu'on chasse de Madrid , comme on chasse l'infâme),

Se débat tout sanglant sous la perfide trame

D'un homme revêtu du titre de grandeur,

Envoyé d'Angleterre... et son ambassadeur !

Sois calme, Castillan, la terre portugaise,

Qui, pour quelques schellings, se fit province anglaise,

Viendra s'humilier sous ton noble étendard ;

Tu brûleras celui qui flotte à Gibraltar !

Écoutons attentifs l'écho de l'Allemagne,

Qui se rattache à nous par Pepin, Charlemagne.

Observons le travail progressif, quoique lent,

De ce peuple autrefois insensible, indolent

Pour toute nouveauté, tourné de préférence

Vers l'art mélodieux, l'étude et la science.

Aujourd'hui sur l'Europe il porte un long regard,

Et, prompt à déployer son antique étendard,

Il proclame une loi centrale et souveraine,

Invitant les tribus de la race germaine,

Au serment solennel d'amour et d'union,

A former une seule et même nation.

A cet appel bientôt les couronnes ducales

S'agitent de fureur, ont recours aux cabales ;

Électeurs, roitelets, grands ducs et petits ducs,

7

Risibles mannequins, imbécilles, caducs,
Par eux seuls impuissants, mais forts de perfidie,
Sans craindre d'allumer un immense incendie,
Pour garder un pouvoir qui s'échappe aujourd'hui,
Vont mendier des cours les armes et l'appui.
Un peuple ne peut-il sans ébranler la terre,
Sans attirer sur lui les foudres de la guerre,
Rallier ses enfants, se reconstituer,
Se donner d'autres lois, les faire respecter ?
Ne peut-il, à son gré, saper les vieux usages,
A la place des nuls, mettre des hommes sages,
Sans qu'aussitôt ne vienne un insolent voisin,
Debout, éperonné, parler de droit divin ?

Poursuis, brave Germain, fais quelques pas encore,
Vois poindre à l'horizon une nouvelle aurore.
Pour n'avoir plus qu'un camp et qu'un même drapeau,
De tes armes ne fais qu'un immense faisceau.
Ce n'est point sur le Rhin que sonne la trompette ;
Contre un autre ennemi que ton arme s'apprête.

Veux-tu voir le danger? tourne-toi vers le nord.

Ce ne sont que des serfs .. tu vaincras sans effort.

Oh ! j'aime à m'arrêter à ces bons Scandinaves ,

Peuples doux et si fiers , paisibles et si braves ,

Avec leurs yeux d'azur, candides et sereins!...

Norwège et Danemarck, écoles de marins !

Les Danois ont inscrit dans le cœur de la France

Une dette d'honneur et de reconnaissance.

Nos petits-fils diront à la postérité

L'amitié de ce peuple et sa fidélité.

Ils diront des Anglais le guet-apens insigne,

Qui brûla Copenhague... une ville si digne

De gloire, de respect et d'admiration ,

Victime dévouée à notre nation !

La Suède, en tout temps de son honneur jalouse,

Se montrerait encor digne de Charles douze.

Ses belliqueux enfants ont, devant l'ennemi,

Tout le sang-froid du nord et l'élan du midi.

Ces trois peuples un jour par leur triple alliance,

Avec les mêmes lois, une même balance,

Formeront un faisceau respectable, assez fort,

Pour résister au choc du colosse du nord.

Savez-vous ce que peut ce colosse invincible,

Cet ogre dévorant à la dent si terrible,

Qui va tout ravager, qui va tout engloutir?

Grands et petits états, il doit tout envahir!

Pesons les armements, les trésors tout ensemble,

Du moderne Attila devant lequel tout tremble.

Son empire, formé de cent peuples divers,

Indociles au joug, prêts à briser leurs fers,

Un jour succombera sous la rude besogne

De battre et d'égorger notre sœur la Pologne,

Dont les preux défenseurs, héroïques enfants,

Furent de ses soldats si souvent triomphants.

Savez-vous ce que peut ce géant de la force,

Ce formidable czar, qui tous les jours s'efforce

De se faire un renom de puissant potentat?

Pour tout rempart il a sa neige et son climat.

Battu même chez lui , chassé de site en site,

Il ne fuit déjà plus , mais il se précipite.

De sujets mutilés il comble ses marais ,

Va chercher un abri derrière ses palais ,

Et pour mieux dissiper la terreur de son âme,

Ne sachant les défendre, il y porte la flamme.

Voilà ce qu'est le czar, ce grand épouvantail ;

En politique, c'est la montagne en travail.

Les trônes, se sentant mouvoir comme le sable,

Parlent avec orgueil de sa troupe innombrable;

On le fait manœuvrer dans vingt camps à la fois,

Ce grand foudre vengeur, ce saint patron des rois.

On vous décrit déjà sa course triomphante.

Il châtie en passant l'Allemagne insolente,

Pour avoir, à sa barbe, entonné le refrain

Qui fait d'un serf très humble un fier républicain.

Puis, poussant sur Paris son cheval de bataille,

Il aura bien raison de toute sa canaille.

Mais, pour de tels exploits , l'impérial héros

N'est pas encore prêt et garde le repos ;

Il contemple à loisir sa troupe qui bivouaque,

Il fait caracoler son difforme Cosaque,

Qui de peu se repaît, et presque sans nul coût,

Et qui pour tout laurier compte les coups du knout.

Nicolas peut, de loin, essayant la menace,

A nos représentants faire un peu la grimace ;

Mais qu'il tremble, chez lui, de trouver les poignards !

Ne se souvient-il plus du lacet des boyards ?

Oui, Nicolas serait plus sobre de jactance,

Il aurait en Europe un peu moins d'influence ;

Sa voix dans les congrès baisserait bien d'un ton,

S'il n'avait pour Pylade un fat... un Palmerston.

Mon vers assez souvent flagella l'Angleterre ;

Je veux me taire ici sur ce brandon de guerre.

Je ne parlerai point de sa duplicité,

Je tairai ses forfaits et sa cupidité.

Seulement, en donnant une larme à l'Irlande,

Je dirai ses douleurs, sa misère si grande.

Et, pour faire contraste à ce tableau si noir,

De sa royale sœur, je peindrai le boudoir ;

L'orgueilleuse Albion regorgeant de luxure,

Et l'Irlande aux aguets d'une vile pâture,

Qu'elle dispute même à l'immonde animal.....

(La faim peut provoquer l'appétit bestial !)

La première est partout fêtée et courtisée,

La seconde gémit morne, pâle, épuisée ;

A l'une, les palais et les brillants joyaux,

A l'autre, le sol nu, les haillons en lambeaux !

Et vous souffrez toujours cette horrible injustice !

Irlandais, est-ce donc la misère, ou le vice,

Qui vous tient énervés sous une main de fer ?

Revendiquez les droits d'un peuple libre et fier.

Par masses serrez-vous, plus de demi-mesures ;

Le plomb, le fer tranchant sont des armes plus sûres.

Agissez par vos bras , non par un O'Connell ,

Discoureur érudit, et parleur éternel.

Quand cet agitateur souleva la tempête,

Il eut, pour la calmer, une harangue prête.

Ce fut un jeu d'orgueil, un jeu de quarante ans.

Beaucoup moins de diseurs et plus de combattants.

De ces bourreaux soldats craignez peu la menace,

Allez de front contre eux, marchez avec audace;

Portez résolument sous le balcon du lord

Ce haut cri de détresse : ou du pain ou la mort !

Aux festins d'une sœur, votre heureuse rivale,

Demandez une place, et votre part égale;

Et, si le Ciel un jour éprouvait son orgueil,

Tendez-lui votre main, et partagez son deuil,

Tel est le court précis du tableau de l'Europe.

Quel sera l'avenir qu'un nuage enveloppe?

Dieu mit une limite à tout savoir humain,

A lui seul appartient de lire le destin.

SATIRE VIII.

LES CANDIDATS.

Sur le globe jamais fut-il époque pire?
Un siècle plus fécond en sujets de satire?
Dans les temps reculés, vit-on plus de travers,
Plus de corruption, et plus d'hommes pervers ?
Vit-on le vice atteindre au sommet de l'échelle
Où trônent les impurs de l'époque actuelle?
Les Romains dégradés subirent-ils l'affront
De vils tribuns portant le stigmate à leur front?

Et même, si l'on veut remonter d'âge en âge,
La Grèce atteignit-elle à tel dévergondage?
Balthazar ignora la honte de nos temps,
Et Sodome eût rougi de nos débordements.

Plus un homme aujourd'hui se couvrira de boue,
Plutôt de la fortune il fixera la roue.
S'il veut haut s'élever, qu'il découvre sa peau,
Qu'il étale aux regards la marque du bourreau.
C'est l'homme de Toulon, c'est un homme d'audace,
C'est bien l'homme qu'il faut pour balayer la place
Où viendront se ruer de cupides meneurs,
Des révolutions fléaux dévastateurs.
Pour flétrir leur audace et troubler leur ivresse,
Pour crier au grand jour leurs crimes, leur bassesse,
Pour les cingler autant qu'ils ont causé de mal,
Némésis, prête-moi le vers de Juvenal.

Aujourd'hui qu'un vieux monde a parcouru ses phases,
Qu'il tend à se rasseoir sur de nouvelles bases,

De la société l'arbre sec et flétri

Tombe avec grand fracas sur son vieux tronc pourri.

Voyez grossir le flux et le reflux des masses ,

Leurs flots , portant la bourbe et les passions basses ,

Par la digue irrités , de rage mugissants ,

Franchir toute limite et des bords impuissants.

Par la destruction ils marquent leur passage ,

Ne laissent que débris , ruines et ravage.

Le juste avec l'injuste oubliés , confondus ,

On frappe un droit sacré comme on frappe un abus.

Le fossoyeur demain courbera sous la tâche

D'entasser corps sur corps décollés par la hache.

Tout rang a disparu , la faux des niveleurs ,

N'a pas même épargné le marbre des sculpteurs.

Mais la hache si prompte à saper et détruire

Saura-t-elle sitôt édifier, construire ?

Le peuple accourra-t-il au vote universel

Avec ce calme froid, ce respect solennel ,

Avec ce dévoûment pour la chose publique,

Dont est capable seul l'esprit démocratique ?

Avez-vous visité ces clubs où, tour à tour,

Un nouveau candidat s'abat comme un vautour ?

Où la planche modeste est pour lui la tribune

Qui porte au Capitole et promet la fortune ?

Des essaims de tribuns écarlates et blancs,

Alléchés de bien loin, visent aux vingt-cinq francs.

Ainsi que les corbeaux, de vorace nature,

Fondent en croassant sur l'immonde pâture,

De même ils viendront tous, haletant, en émoi,

Faire au peuple serments, professions de foi

Et, pour mieux s'arracher un ignoble salaire,

Ils professeront tous une âme populaire.

Là, viennent avocats, à l'entrain si verbeux,

Que vous vous étonnez de les savoir si gueux;

Des hommes à projets, à vastes entreprises,

Cerveaux à la hauteur des violentes crises,

Capables de combler les caisses de l'État,

Eux qui n'auront pas su conserver un ducat.

Là, viennent le parquet et la magistrature,

Attirés par l'appât de quelque sinécure,

Car tout va s'aplanir pour un représentant

Qui joint un honoraire aux vingt-cinq francs comptant.

Comme on voit la limace à la fin d'un orage

De sa bave souiller le duvet du feuillage,

Là, vous voyez aussi, non sans étonnement,

Des hommes d'un cynisme, et d'un enseignement

Honteux pour la morale, et dont l'orgueil suprême,

En reniant les cieux, réduit tout en problème.

Là, vous ne voyez point l'honnête travailleur

Qui près de ses enfants sut trouver le bonheur,

Mais vous voyez celui qui, lâche pour la peine,

Ardent au cabaret, vers l'atelier se traîne,

Qui pour courir les clubs jettera ses outils,

Dresse la barricade, affronte les périls

D'un combat criminel, de la guerre civile,

Et finit dans les fers une existence vile.

Là , vous ne voyez pas pérorer , grimaçant

Un homme de crédit , l'intègre commerçant ,

Mais bien le brocanteur, si multiple vermine ,

L'homme du troc pour troc à la douteuse mine ;

Un banquier sur l'abîme , ou même en desarroi ;

Des agents désœuvrés sans crédit et sans foi ;

Des chevaliers adroits, des hommes sans ressource ,

Tous opérant dans l'ombre , en subtils coupe-bourse,

Écumeurs déguisés sous un nom emprunté ,

Parlant effrontément d'honneur, de probité.

Là , vous voyez enfin la tourbe querelleuse

Des buveurs altérés , à l'haleine vineuse ,

A qui les vingt-cinq francs promis par le scrutin

Permettront trois repas avec le pot de vin.

Le maçon fait tribun laissera sa truelle ;

Sa femme au grand soleil n'ira plus sans ombrelle.

On verra le manœuvre, avec le débardeur,

Siéger à l'Assemblée à côté du docteur.

Nous sommes dans un temps où l'ignorant fumiste,

Peut régir un État et se faire légiste.

Pour vous représenter, et pour meilleur garant,

Prenez le plus inepte et le plus ignorant :

La France n'en sera que plus grande et plus forte.

Que vous fait le génie? Et le talent, qu'importe?

Votre pouvoir est un, tout autre serait vain :

N'êtes-vous pas le grand, le peuple souverain?

Vous n'avez qu'à fonder un nouvel édifice :

Pour le mener à fin, faut-il tant d'artifice?

Ce qui domine en haut, mettez-le dans le bas;

A qui possède, ôtez, pour celui qui n'a pas.

Décrétez le niveau sur une large base.

Abolissez tout droit, et faites table rase.

Travestissez tout rôle, et renversez les lois;

Qu'un bourgeois soit manœuvre, un manœuvre bourgeois.

De l'ordre social faites donc un abîme,

Des vices un trophée, et des vertus un crime;

En supprimant le vol dans le Code pénal,

Proclamez par la loi le pillage légal....

8

La tâche du tribun devient alors facile,
Le talent superflu, le génie inutile.

Si j'attaque de front des points si délicats,
Je vais faire la part à tous nos candidats.
Sur la lèvre ils ont tous la parole mielleuse;
Leurs discours laissent voir l'espérance flatteuse,
Que nos élus du moins, par un commun effort,
Seront pour notre France un pouvoir grand et fort.
L'union va renaître où la haine déborde,
L'olivier de la paix remplacer la discorde;
Le vaisseau de l'État, par la vague agité,
Cinglera doucement vers un port abrité;
Le commerce bientôt, passant nos espérances,
Va faire refleurir le crédit, les finances;
Dans les ris et les jeux tout citoyen français
Verra s'effectuer le vœu du Béarnais;
Le vin ruissellera dans notre belle France;
Nous posséderons tous la corne d'abondance;
L'octroi touche à son terme; en abaissant l'impôt,

Tout citoyen pourra mettre la poule au pot.

Accours donner ton vote, ô peuple débonnaire :
Un tel pouvoir sera l'égide tutélaire
Qui défendra ta cause et tes droits au travail,
Qui de ses fortes mains tiendra le gouvernail.
Qu'entre lui, qu'entre toi règne une pleine entente.
Encore quelques jours de souffrance et d'attente.
Si tu vois s'écouler de longs mois et des ans,
Ces débris ne sont pas l'œuvre des gouvernants.
Sois sourd à tes besoins, dévore ta misère,
Pauvre peuple, toujours poursuis une chimère ;
Fais-toi le marche-pied d'avides novateurs,
La dupe et l'instrument de ces agitateurs
Qui peuvent en ton nom bouleverser le monde,
Dont l'espoir criminel sur des débris se fonde.
La tourmente passée, au pouvoir parvenus,
Du sang que tu versas se sont-ils souvenus ?
Ont-ils pris par la main, fait asseoir à leur table,
Ce peuple toujours grand et toujours admirable ?

Règnent-ils par le peuple et pour le peuple seul?

Sur ton triste grabat jettent-ils un linceul?

Jettent-ils une aumône à ta pauvre compagne?...

Pour amuser ta faim, grimpe au mât de cocagne;

Va danser sur la place au son du tambourin,

Applaudir aux lazzis de maître Tabarin.

Garde-toi d'encourir le châtiment des traîtres:

Tes compagnons d'hier sont aujourd'hui tes maîtres.

Si la faim te poussait à frapper, cette fois,

Ceux que ton imprudence a portés au pavois;

Si tu reprends ton arme et descends dans la rue,

Ta puissance, la veille atteignant à la nue,

De peuple-roi te fait misérable insurgé,

Muselé comme fauve, et de chaînes chargé!

Demande à tes tribuns, élus pour ta défense,

Si, pour payer ton sang, c'est là ta récompense;

Demande leur pourquoi, sous le tyran tombé,

Tu vis moins de verrous, ton espoir moins trompé.

Interroge-les donc; ils te diront peut-être

Qu'on voit souvent, pour un, cent tyrans apparaître,

Qui fouillent le trésor la longueur de leurs bras,

Ne cèdent le terrain que lorsqu'ils sont bien gras.

Demande ce qu'ils font sur leur chaise curule ;

S'ils y sont pour servir de plastron ridicule ;

Si c'est pour y porter l'insigne d'apparat,

Ou bien pour y remplir d'un peuple le mandat ?

Oh ! ne demande rien à des tribuns eunuques !

Leur nature est sans nerf, et leurs voix sont caduques.

Toujours l'oreille au guet..., à la moindre rumeur,

Dans leur âme timide entrera la terreur.

La blouse prolétaire à leurs yeux vient paraître...

Tes vaillants défenseurs sautent par la fenêtre,

Abandonnent leur poste, en légistes prudents,

Pour laisser le champ libre à quelques intrigants.

Si, l'orage fini, le temps se rassérène,

Avec pompe on les voit tous rentrer dans l'arène ;

Moins pour un saint devoir et pour délibérer,

Que pour bâiller, dormir, et pour y digérer.

A l'appel d'un ministre, ils ont l'âme dévote;
Sans le moindre contrôle ils lui donnent leur vote;
Dans toute enquête on porte un examen discret,
On glisse prestement sur le budget secret.

Soulève les pavés, peuple aveugle, imbécille!
Pour toi seul sont les frais de la guerre civile;
Ceux qui t'avaient promis un jour la poule au pot
Se font héros du fisc et décuplent l'impôt.

SATIRE IX.

Les Journées de Juin.

LES JOURNÉES DE JUIN.

Pleure sur tes enfants, couvre ton front de deuil;
Ou vainqueurs ou vaincus, pleure sur leur cercueil :
Ils étaient tous vaillants, ô France, noble mère;
Tous auraient porté haut ton nom sur la frontière;
Tous fussent arrivés à l'immortalité,
En mourant pour ta gloire et pour la liberté!

Février dans Paris ouvre une ère nouvelle ;

Les peuples vont jurer l'union fraternelle.

Plus d'hymnes pour la guerre, et leur cri cette fois

Est : Amour pour la France et haine pour les rois.

Ils ont tous salué le peuple grand et libre,

Des bords de la Néva jusqu'aux rives du Tibre.

Tel peuple qui, longtemps, sous le joug féodal

A subi les affronts du droit seigneurial,

Méprisant aujourd'hui le fer des dragonnades,

Pour se régénérer meurt sur les barricades.

Le signal de Paris aux enfants de Berlin

Suffira pour en faire un peuple souverain,

Pour obliger Guillaume à l'horrible grimace

D'un salut amical fait à la populace.

Vienne, pour s'affranchir, semble faire un effort ;

John-Bull même a grogné sous le bâton du Lord.

Quand le cœur se sent battre au mot de République,

Quand ce mot retentit sur la place publique,

Qui saurait contenir un peuple en son élan,

Protéger et défendre un trône chancelant?

Qui pourrait arrêter la sainte propagande,

Quand l'écho porte au loin sa voix puissante et grande?

Sera-ce l'or félon d'un Pitt ou d'un Cobourg?

Les intrigues de Vienne ou de Saint-Pétersbourg?

Le passé donne, hélas! la preuve trop certaine

De noirs complots ourdis par la peur et la haine.

De subsides nombreux jetés à pleines mains

Aux guérillas d'Espagne, aux bataillons germains.

Comme en quatre-vingt-neuf, la France a sa Vendée,

D'avides novateurs ardents à la curée,

De modernes Brutus qui déchirent ses flancs,

Des citoyens du nom de Rouges et de Blancs.

Le Cosaque a bondi, l'Angleterre ricane;

Sur la France je vois l'ombre de Pitt qui plane,

Qui préside au carnage, attise la fureur,

Qui compte les corps morts, en aspire l'odeur!

L'Angleterre solda nos discordes civiles;

Elle aiguise le fer, ensanglante nos villes.

Souille tous les pays de ses correspondants,
Recèle dans ses ports un ou deux prétendants,
Qu'elle vomit armés, qu'elle lance sur l'onde,
Une torche à la main pour embraser le monde!
Par la flamme et le fer augmentant ses trésors,
Elle peut assouvir l'appétit de ses Lords!

En deux camps ennemis la France divisée,
Aux rois offre un sujet de joie et de risée.
Toutefois ses enfants ont tous du sang gaulois;
Pour tous elle a toujours même amour, mêmes lois;
Et, si quelque danger menaçait la frontière,
Elle les verrait tous voler sous sa bannière.
Par quel aveuglement, quelle fatalité,
Ces enfants de la France et de l'égalité,
Exerçant aujourd'hui l'universel suffrage,
Noble prix de leur sang, conquis par leur courage,
Lèvent-ils l'étendard de la rébellion,
Prennent-ils la couleur de la rouge Albion?
Ce n'est point la couleur dont la France s'honore;

Frères, ce n'est point là le drapeau tricolore

Qui de nos monuments décore le fronton,

L'arc-en-ciel radieux qui brille au Panthéon!

Voyez avec dédain ces prêtres communistes,

Ces organisateurs; conspuez ces sophistes

Et ces petits savants à grande ambition,

Qui pour se rehausser perdent leur nation.

Le règne du mensonge est de courte durée.

Avec vous ont-ils donc partagé la curée,

Ces courtisans du peuple au faîte parvenus?

Où donc est votre part de leurs gras revenus?

Pendant que vous versez votre sang dans la rue,

Sur le palais des rois l'ambitieux se rue;

Mais après le combat, mutilés, expirants,

Vous trouvez l'abandon et de nouveaux tyrans.

Pour eux n'êtes-vous point la vile populace,

Héros de carrefour, les meneurs de la place?

Atteignent-ils leur but, ils repoussent du pied

Le corps qui fait l'échelle, ou sert de marche-pied.

Frères, voilà ces vrais et si purs démocrates !

Plus que les ci-devant, plaisants aristocrates,

Ils singent les grands airs. Quelle morgue ! quel ton !

Ils vont rouvrir, je crois, l'école du blason,

Ils vont nous ramener les beaux jours de licence

Du règne de Louis ou bien de la régence.

Aux caisses de l'état ils puisent tour à tour

Pour les brillants soupers des Dubarry du jour.

De ces nouveaux Scapins comptez les fourberies,

Pour vos droits voyez-les trôner aux Tuileries,

S'arroger les pouvoirs, faire d'autres serments,

Des rois se partager l'or et les diamants,

Absorber le budget comme dans un abîme,

Décréter des impôts plus honteux que la dîme,

Se faire insolemment, d'obscurs conspirateurs,

Pouvoir exécutif ! Grotesques dictateurs !

De ces hommes d'état payons les saturnales.

Afin de propager leurs vertus sociales,

A l'appétit des sens ils disent le viol,

Leur drapeau porte écrit le pillage et le vol.

Ils ne rougiront pas, ils savent tous les crimes ;

Plus grand est l'appétit, plus il faut de victimes ;

Aux grands démolisseurs le triomphe est certain :

Plus on frappe de coups, plus large est le butin.

Il leur faut une proie et des morts pour la tombe.

Que leur importe t-il que la France succombe ?

Que veut dire pour eux le nom Russe ou Français?

Un peu d'or en fera des séides anglais.

Non, leur cœur ne battit jamais pour la patrie !

Pour leurs frères, pour eux, lorsque le prêtre prie,

L'olivier à la main, d'un accent paternel,

S'il vient pour arrêter un combat criminel,

Ils sont sourds à sa voix, et leur rage brutale

A l'envoyé du Ciel répond par une balle.

Comptez nos généraux traqués, assassinés

Par le fer et le plomb de lâches forcenés :

Le brave Négrier, orgueil de notre France,

Duvivier, de Bréa, sa plus belle espérance !

Mieux l'assassin se cache, et plus son coup est sûr,

Il vise sans danger, tire au sang le plus pur.

Savez-vous ce que sont les chefs qui vous conduisent,

Qui comme des serpents parmi vous s'introduisent,

Qui portent pour devise : Amour, fraternité,

Qui clament pour le peuple et pour l'égalité?

Si vous pouviez un jour lire dans leur pensée,

Sonder leurs passions et leur âme froissée ;

Voir ce qu'ils ont été, ce qu'ils sont aujourd'hui,

Ce qu'ils dissiperaient, (même le pain d'autrui,)

Ce qu'ils ont dans le cœur de noirceur, de bassesse,

Leurs besoins infinis et des désirs sans cesse,

Comprenant mieux alors leurs projets criminels,

Vous vous expliqueriez leurs baisers fraternels.

De tous ces arlequins terminant la parade,

Oui, vous repousseriez leur hideuse accolade :

A suivre leur enseigne, à leur serrer la main,

Vous n'abaisseriez pas le peuple souverain !

Savez-vous ce qu'ils sont, ces chefs à double face,

Lâches dans le péril, dans les clubs pleins d'audace,

Vampires affamés, charlatans imposteurs,

Épiant à l'affût l'heure de la rapine,

Et qui de leur pays marchandent la ruine ?

Ce sont des libérés, de farouches forçats,

De tous les pavillons effrontés renégats ;

De pauvres écrivains, des mendiants de gloire,

Qui veulent à tout prix nous laisser leur mémoire

Dans un pamphlet diffus, pauvrement médité,

Attaquant la famille et la propriété.

Ce sont quelques rêveurs, prêtres du communisme,

Apôtres du partage et du socialisme,

Voulant tout démolir, pour tout renouveler,

Pour tout mettre en commun et pour tout niveler.

Honni soit leur orgueil! Leur doctrine fatale

A rougi les pavés de notre capitale,

Ravivé les partis, fomenté la fureur,

Et dans toute la France a semé la terreur.

Voilà ce qu'ils ont fait de leur belle patrie.

9

Ils ont frappé de mort le travail, l'industrie.

Les capitaux craintifs aussitôt encaissés,

Le commerce perdu, les ateliers forcés,

La haine dans les cœurs, l'émeute, la misère ;

L'avenir du pays, encore hier prospère,

Que nous avions tous vu poindre resplendissant,

Incertain aujourd'hui, terrible, menaçant ;

Le désordre partout, nulle part l'espérance ;

Le trésor dissipé, partout la défiance :

Telle est l'œuvre, Français, de ces rénovateurs,

Les brillants résultats de leurs projets menteurs.

Et c'est là, dira-t-on, cette France vantée,

Comme un si beau modèle à l'Europe citée ?

Est-ce là ce foyer d'amour et d'union,

Ce peuple tant nommé la grande nation ?

Ce peuple, tous les jours, en batailleur de rue,

Contre tous les pouvoirs impétueux se rue !

Non, ce ne sont point là de vrais républicains,

Mais des loups déguisés, d'avides publicains,

Dont plusieurs même, à peine échappés de cellule,

Vont se faire l'écho sanglant et ridicule

Des Marat, des Danton, du fougueux Mirabeau.

Pauvres singes, hélas! paillasses de tréteau!

Français, jetons bien loin tout brandon de discorde.

Le bonheur fut toujours où régna la concorde.

Un peuple, sachez-le, n'est fort et respecté,

Que s'il se montre uni par la fraternité.

Pour la foi politique ayons un même temple,

Tenons-nous par la main; l'Europe nous contemple.

Disons-lui : Pour saper des préjugés vieillis,

Il se trouve toujours quelques membres pourris ;

Mais du combat jaillit une lueur féconde,

Qui vient renouveler, régénérer le monde.

Et vous, par la misère aigris et malheureux,

Vous, frères égarés, mais toujours généreux,

Regardez votre main de sang encore humide;

Jetez avec horreur cette arme fratricide.

Envier l'opulent n'est pas d'un cœur loyal ;

Le destin fit des biens un partage inégal.

La France a des Crésus et des propriétaires,

Tels que vous, tels que moi, compte des prolétaires,

Enfants de son amour, ayant tous mêmes droits,

Tous vivant en commun sous l'égide des lois.

Nous lutterions en vain contre la destinée.

Demandons à nos bras le pain de la journée.

Dans l'ordre est le travail ; le pain de la sueur

Plus que le pain du crime aura de la saveur.

SATIRE X.

 Les Trembleurs.

LES TREMBLEURS.

O ma sainte patrie! ô belle et noble France!
Pays où fut l'honneur, terre de la vaillance;
Sol qui vis naître tant de chevaliers sans peur,
On dirait sur ton front la honte et la douleur!
Tes valeureux enfants, ces fiers lions de guerre,
Qui battirent l'Europe et conquirent la terre,
A l'heure d'un péril, et devant l'ennemi,
Ont-ils jamais tremblé? jamais ont-ils pâli?

De leurs corps n'ont-ils pas jonché toutes les plaines,

Pour franchir tout obstacle, et pour briser des chaînes?

A la tente des serfs n'ont-ils pas apporté

L'étendard de la gloire et de la liberté?

Au milieu de la paix, au sein de la mollesse,

Ont-ils déjà perdu leur vigueur, leur hardiesse?

D'intrépides soldats, se sont-ils faits trembleurs?

Ont-ils jeté le fer pour l'arme des parleurs?

Non, ce sont bien toujours ces guerriers intrépides,

Enfants chéris de Mars, et de combats avides,

Préférant au repos le tumulte du camp,

Et l'étoile du brave à l'or de l'intrigant.

On voit les rois armer rugissants de colère,

Leurs bataillons nombreux menacer la frontière;

Des légions du nord flotter les gonfanons,

Le glaive s'aiguiser, et la mèche aux canons....

Et le coq des Gaulois, d'une ardeur inutile,

Chante les vieux refrains de la guerre civile!...

Et des enfants de France, oubliant leur devoir,

Se disputent entr'eux les lambeaux du pouvoir !...

Quittent le champ de Mars pour hanter la tribune,

Et briguent à l'envi la gloire, hélas ! commune

Des clercs de la basoche, éternels discoureurs

Qu'on achète à tout prix, impudents orateurs,

Qui perdent leur pays pour un mot d'épigramme,

Élaborent enfin un mensonger programme,

Où le peuple lira d'incomparables lois,

Et par lequel il peut revendiquer ses droits.

Pour tromper, exciter et soulever les masses,

A défaut de talent, tous ces tribuns paillasses,

A varier leurs tours très habiles jongleurs,

Des peuples abusés se font les défenseurs ;

Mais, au moindre péril, quand gronde la tempête,

Ils iront, gorgés d'or, pour protéger leur tête,

Mendier un asile, et, loin de tout danger,

De la sueur du peuple engraisser l'étranger.

Si la moindre rumeur part de la capitale,

Si le moindre pamphlet vise à la sociale,

Au premier cri poussé par quelques écumeurs,

L'alarme est aussitôt dans le camp des trembleurs.

Lorsque le prolétaire, à la poitrine nue,

Quitte son atelier pour aller dans la rue

Demander au pouvoir un avenir plus doux,

Le trembleur met son or et lui sous les verrous.

Blotti dans un lieu sûr, tout en proie aux alarmes,

On ne le vit jamais recourir à ses armes.

Lorsque Louis Capet n'avait plus un écu,

Nobles, que fîtes vous? Clergé, que donnas-tu?

Sourds à la voix royale, et par de vains manéges

Vous défendiez encor vos anciens priviléges,

Lorsqu'en un jour de deuil, on vit avec effroi

Sous le couteau tomber la tête d'un bon roi.

Alors plus de servage, et de dîme, et de fêtes;

Il vous fallut donner, et votre or, et vos têtes!

Le peuple laissa faire, et quelques égorgeurs

Frappèrent impunis des milliers de trembleurs.

Les hommes au cœur fort couraient à la frontière,

Au chant des Marseillais défendre la bannière.

On décollait sans choix le Français de tout rang,

Des massacreurs gagés se baignaient dans le sang.

Les bourreaux ne pouvaient suffire à leur ouvrage :

On tuait les poltrons, on frappait le courage ;

On égorgeait en masse, et dans ces jours d'horreur,

La France subissait une morne terreur.

Mais, prompte à secouer une torpeur si lâche,

Elle ouvrit les prisons, elle brisa la hache ;

Confiante en sa force, et défiant les rois,

Elle fit respecter sa liberté, ses lois.

Mère des cœurs vaillants, des héros la patrie,

O France, si féconde en hommes de génie,

Toi qui vis dans ton sein les Dunois, les Bayard,

Les Condés, les Turenne, et Desaix, et Villars,

Tu fis sortir des rangs un de tes capitaines,

Auquel de ton pouvoir tu confias les rênes.

Il les tint fortement, car on le vit, vingt ans,

Imposer sa puissance à des rois arrogants.

D'un vol audacieux son aigle impériale
Domina les clochers de toute capitale;
La fille des Césars, avec grand apparat,
Vint partager la tente et le lit d'un soldat.
Des subsides de Pitt tout l'or fut inutile,
Le héros fit trembler Albion dans son île.

Quand du soldat heureux l'étoile s'éclipsa,
Aux champs de Waterloo quand le géant tomba,
Et que, sans peur, alors, le lion d'Angleterre
Put frapper bravement son ennemi par terre,
Nous vous vîmes, trembleurs, du sabre partisans,
Mettre une autre cocarde, et, lâches courtisans,
Devant le *Désiré,* tous crier avec force
Meure l'usurpateur !... à bas le soldat corse !..
Entourant un monarque à l'étranger vieilli,
Pendant que vous clouez un trône reblanchi,
L'hospitalier John-Bull étouffe à Sainte-Hélène
Celui qui vous fit grands, et dora votre chaîne

Que fîtes-vous, Brassarts, quand le vieux Charles-Dix
Voulut un jour défendre et son trône et les lys ?
Donnâtes-vous votre or, tirâtes-vous l'épée
Pour rendre à votre roi sa couronne usurpée ?
Ardents pour la retraite, à l'heure du péril,
Il dut partir sans vous pour la terre d'exil.
Champions de la glèbe et de l'ancien régime,
Pour vous le peuple alors fut grand et magnanime.
Comme pour les honneurs c'est toujours votre tour,
Vous sûtes le chemin de la nouvelle cour,
Et, changeant les galons de votre habit de fête,
Vous avez salué le Roi de la *cadette*.

Et vous, qu'avez-vous fait de votre roi bourgeois,
Seigneurs de la finance, et seigneurs d'autrefois ?
Vous, les imitateurs des hommes de Plutarque,
Avez-vous protégé votre habile monarque ?
On vit, près de vingt ans, ce sage souverain
En butte tous les jours au poignard assassin.
Pendant la longue paix qui régna sur la France,

Vous fûtes gorgés d'or, d'honneurs et de puissance.

Quand arriva le jour et l'heure du destin,

Lorsque la voix du peuple ébranla le tocsin,

Vous, les soutiens du trône, et les défenseurs braves,

Vous gagnâtes soudain vos souterraines caves!

Qu'avez-vous fait, banquiers, vous, avocats bavards,

Décorés de juillet, journalistes vantards?

Vous, hommes des défis et des fanfaronnades,

Février vous vit-il courir aux barricades?

Vous, repus de l'époque, et les mieux partagés,

Offrir votre poitrine au plomb des insurgés?

Et vous, agioteurs, les héros de la bourse,

Qui savez des écus toujours trouver la source,

Avez-vous assisté, secouru d'un denier

Votre roi fugitif, Louis-Philippe premier?

Non, vous irez plutôt, sur la place publique,

Crier: Mort au tyran! Vive la République!

La veille pour le roi, rouges le lendemain,

Vous proclamerez haut le peuple souverain!

Qu'avez-vous fait, bourgeois, vous, intègres légistes,

Sommités du commerce, et vous capitalistes?

Sous le roi citoyen, hier aviez-vous peur?

Vous portiez sur vos fronts la morgue et la hauteur.

Un revers de fortune, une heure de tempête,

Fait faillir votre cœur et courber votre tête.

Si s'offre devant vous l'ouvrier en lambeaux,

Vous lui prenez la main, vous tirez vos chapeaux!

Que ne peut la terreur sur une âme timide!

Un simple coup d'état, inopiné, rapide,

Peut faire en un seul jour, d'un maître suffisant,

Un trembleur qui supplie... un valet complaisant!

Vous, poltrons d'aujourd'hui, que prétendez-vous faire

Du neveu du héros? Un espoir éphémère

Pourrait-il lui léguer le sabre impérial?

Pour lui rêveriez-vous un autre arc triomphal?

Vos projets insensés ne sont que vains fantômes;

Un Bonaparte sait ce que valent les hommes,

Tout ce que leurs serments peuvent avoir de prix,

Ou l'insulte, ou l'encens, l'estime ou le mépris.,

Aujourd'hui Président, hier proscrit à Boulogne,

Il les voit courtisans, d'insulteurs sans vergogne;

Pour peu que sur leur âme il fasse agir la peur,

Il se verra demain saluer empereur.

Mais est-il sans prévoir un revers de médaille?

Le levain du progrès, qui fermente et travaille,

Peut, par un coup du sort invincible, et subit,

Transformer une idole en paria maudit.

Toute innovation doit-elle être sanglante?

Un pays ne peut-il, sans subir l'épouvante,

Voir le peuple laver un flétrissant affront,

Secouer ses liens, et relever le front?

Que veut dire ce mot : la terreur rouge ou blanche?

Comme elle fut toujours, ma muse sera franche;

Au camp des deux partis elle dira sans peur:

Vous avez pour drapeau l'égoïsme trembleur!

———

SATIRE XI.

———

 ***.

A G***.

D'où vient, dis-tu, Grailhy, qu'un naturel si doux,

Qui fut toujours exempt de haine et de courroux,

D'où vient que ton ami, que tu vis si candide,

En qui jamais un trait, ou malin, ou perfide,

Ne te fit soupçonner la colère et le fiel,

Dont la lèvre ne sut qu'un langage de miel,

Qui fut pour les travers indulgent, magnanime,

A l'affût aujourd'hui d'une mordante rime,

Vient indistinctement de ses vers furibonds

Flageller sans égard les pervers et les bons?

Et pourquoi, d'un pédant empruntant la férule,

Va-t-il, d'un style plat frapper le ridicule,

Et, des vices du temps intrépide censeur,

Pour quelques méchants vers, se croire un grand auteur?

Que n'a-t-il prolongé ces beaux jours d'innocence,

Où sa muse timide abordait la romance;

Où, pur de tout venin caché dans un pamphlet,

D'une chanson grivoise il rimait le couplet?

D'où lui vient tout à coup ce penchant à médire?

Oserait-il prétendre au sel de la satire?

Pourquoi tant pressurer, tant torturer l'esprit,

Pour découvrir un mot qui blesse et vous aigrit?

Les singes de Boileau, dis-tu, sont une plaie,

Qu'on lit avec dégoût, dont l'aspect nous effraie.

Je n'ai pas, j'en conviens, la verve de Boileau,

Ses brillantes couleurs, ni son mordant pinceau.

Ne va pas me prêter la ridicule audace

De me croire l'égal du régent du Parnasse.

Non, je ne porte pas ma vanité si haut ;

Car la rime et le sens font si souvent défaut,

Mon vers pour s'achever si lourdement se traîne,

Que pour bien le polir mon ardeur serait vaine.

Mais Apollon pourrait, sans m'ouvrir ses trésors,

Ne pas être inflexible à mes nobles efforts,

Et je serais heureux si ma muse maligne

Au Parnasse siégeait, même en dernière ligne,

Auprès du tendre Albert et du *Bouquet de fleurs*,

Du sentimental Gout.... attendrissants pleureurs.

Gout... y brille monté sur une belle *gerbe*,

Pour élever sa taille au niveau de Malherbe.

Nul ne peut l'égaler pour le soupir rimé,

Et son vers est toujours bien peigné, bien limé.

Il n'a pas, si tu veux, une abondante veine,

Mais il a su charmer l'oreille d'un Mécène,

Qui, voulant au scrutin recueillir plus de voix,

Au barde complaisant fit décerner la croix.

Ma muse n'ira point, par son orgueil trompée,

Poursuivre en son essor la *divine épopée*,

Qui, pour se dérober aux vulgaires lecteurs,

S'en va d'un vers pompeux planer dans les hauteurs.

Je dis même à ma honte à qui voudra m'entendre

Que jamais mon esprit ne put y rien comprendre.

Qu'importe, diras-tu, que l'auteur soit obscur?

Le style en sera-t-il moins sublime et moins pur?

Tu le veux, j'y souscris, cette œuvre est magnifique!

A l'auteur qu'on décerne un siége académique.

Mais tu me laisseras huer de mes sifflets

Ces mortelles chansons de quinze et vingt couplets

Qu'un poète artisan frappa sur son enclume.

Il pourrait par quinzaine en farcir un volume;

Sa muse intarissable, écho du cabaret,

Arrose chaque vers d'un verre de clairet,

Qui les lui fait éclore avec si peu de peine,

Lui donne tant de sève, une si longue haleine,

Que le roi des chansons, notre bon Béranger,

Peut trinquer avec lui sans croire déroger.

Je veux siffler l'auteur dont la plume excentrique

Vient nous tracer l'argot de la fille publique;

Dont le style, affectant un cynisme effronté,

Affuble un bonnet rouge, et nous peint la liberté

Comme une Messaline, offrant, la gorge nue,

Aux passants ébahis ses appas dans la rue.

Je veux siffler Baour, par les quarante élu,

Chantre du sacre à Reims, dont pas un vers n'est lu,

Le poète à l'encens, le poète à la rose,

Dont la muse le soir sur une fleur repose;

Je veux siffler enfin ces faiseurs de *rébus*,

Tous ces rêveurs profonds guindés sur leur *Phébus*,

Et ce poétereau, pauvre feuilletoniste,

Qui de quelque non-sens est toujours à la piste.

Ris sous cape, dis-tu, mais pour Dieu n'écris pas.

Puis-je m'en empêcher? je ne peux faire un pas

Sans voir quelque travers, sans trouver un Basile

Dont le regard sournois vient échauffer ma bile.

Le mot qui clot le vers, que je cherchais en vain,

Vient s'offrir de lui-même et me remet en train.

Secouant sa torpeur, ma muse paresseuse,

De stérile, devient abondante et railleuse ;

Telle qu'une couleuvre, elle acère son dard,

Va droit au ridicule et blesse sans égard.

Si, plus prudent que Just..., je n'arrêtais ma plume,

Elle irait de ce train à la fin du volume.

Mais à pas bien comptés je vais chez l'éditeur,

Pour les presses duquel un fort célèbre auteur,

Qui de mère nature eut pour don l'abondance,

Peut, au moyen d'un prix nous annoncer d'avance,

Pour le lecteur avide, un livre tous les mois,

D'un intérêt piquant, et bien écrit, je crois,

A dire vrai, l'époque, à nulle autre pareille,

Nous fait voir chaque jour une telle merveille.

Ne crains pas les sifflets d'un critique pervers

Qui jette les hauts cris, s'il ne goûte tes vers.

Laisse gémir à froid la perruque classique,

Répands dans tes écrits la lave romantique ;

Compile les forfaits les plus extravagants,

Aux mains de tes héros mets des poignards sanglants,

Que ton esprit fougueux ne garde aucune bride,

Sème par-ci par-là quelque phrase splendide,

Fais dix volumes pleins de monstruosités,

Tes ouvrages seront de mode et réputés !

Une œuvre est-elle au jour, vite une autre sous presse.

Un auteur affamé s'agite, accourt, s'empresse

D'offrir un manuscrit, dont il touche l'argent.

Toujours inépuisable, et toujours indigent,

Il va sur le papier, comme un pauvre manœuvre,

Torturer son cerveau pour créer une autre œuvre.

Est-ce pour s'illustrer ? Non, c'est pour du comptant ;

Pour une vaine gloire il n'écrirait pas tant.

L'esprit est un ballot dont on fait un commerce ;

Tel jette ses outils, à la plume s'exerce ;

Il quitte l'atelier pour hanter l'Hélicon,

Trouve toujours la rime à défaut de raison,

Et va nous raconter, en style de caserne,

Les hoquets cadencés d'un buveur de taverne.

Encor s'il imitait le poète gascon,

Qui de forts jolis vers embellit son jargon ;

Mais les termes grossiers de sa muse banale

Iront le disputer aux femmes de la halle.

Tout homme, s'il le veut, peut écrire aujourd'hui,

Aux lettres demander un grand nom, un appui.

Ainsi que le soleil féconde toute plante,

Mûrit toute moisson et la fait abondante,

De même notre siècle, en lumières fécond,

A doté tout cerveau d'un esprit très profond.

Celui-ci peut par jour créer un vaudeville ;

Celui-là peut rimer trois chansons, une idylle ;

Blainval livre au public un cent de madrigaux,

Darleville et Bonfin un drame en vingt tableaux.

L'auteur a-t-il besoin que sa muse l'inspire ?

Il est sans cesse en verve, et sans cesse en délire.

Un obscur romancier, étonné, se surprend

A faire le roman comme une George Sand.

Némésis en province, impudente et bavarde,

Baisse sa grande voix au ton de la poissarde ;

Sans cesse elle vomit ses gros mots aux repus,

De ses bras retroussés frappe sur les ventrus,

Va courir la taverne et la place publique,

Pour marquer sur le front le pantin politique,

Désignant ses patrons aux votes du scrutin,

Les pantins de la veille à ceux du lendemain.

Et je dois, diras-tu, fermer les yeux.... me taire...

Quand la bile suffoque, être doux... débonnaire!

Ne pas dire le mot à tous ces plats auteurs....

Et ne pas fustiger tant de fades rimeurs!

Plus je tarde à frapper, plus vive est ma colère,

Sans pitié je saurai cingler de ma lanière

Ces crétins qui d'écrire ont fait un vil métier,

Et d'insipides vers vont noircir le papier.

Si mon fouet est léger pour une œuvre burlesque,

J'imprimerai la honte au roman gigantesque,

Qui, pour mieux effrayer par des tableaux noircis,

Va fouiller sans pudeur les bouges de Paris.

Je ne sais pas de mot qui soit trop énergique,
Pour signaler au doigt une muse impudique;
Et je ne craindrais pas de mettre un fer brûlant
Sur le front de l'auteur d'un second Juif-Errant !

Dénombre, si tu peux, les livres pitoyables
Qu'enfantent chaque jour des auteurs misérables,
Qui, guidés par l'appât d'un ignoble cumul,
Sur la corruption ont basé leur calcul.
Écrivains sans vergogne et d'une audace rare,
Ils vont dans tous les rangs inoculer leur tare !
Dans de sales pamphlets où rien n'est respecté
Distillant le poison de leur souffle empesté,
Donnant à leurs projets une enveloppe heureuse,
Ils déversent sur tout leur bave venimeuse.
Délégués par Satan pour propager le mal,
Ce sont les vers rongeurs de l'arbre social.
Lorsque l'arbre est tombé, l'on voit leurs noires ombres
Triomphantes, surgir au milieu des décombres.

Leur tâche est consommée et le succès complet ;

A leur tour, ils nous vont apparaître au sommet ;

Sur ce qui reste encor porter la faux rapide,

Sur d'opulents débris jeter un œil avide,

Parler en souverains, sans masque et sans détours,

Fondre sur la curée en voraces vautours.

Quand je vois les journaux nous répéter sans cesse

Qu'on musèle l'esprit et qu'on bride la presse,

Je suis à demander si, rigide censeur,

Je ne me laisse pas entraîner par l'aigreur ;

Si, du pauvre Gilbert imitant l'amertume,

Dans un poison trop noir je ne trempe ma plume.

Mais lorsque j'aperçois l'élégance et le ton

De mille écrivailleurs vivant du feuilleton ;

Quand je vois encaisser des recettes fort bonnes

Pour remplir d'un journal les stériles colonnes ;

Quand je vois tout libelle obtenir un succès,

La presse déborder en scandaleux excès,

Tant d'auteurs impudents, tant d'immorales œuvres...

Némésis pourrait seule, agitant ses couleuvres,

Et flagellant à nu nos cyniques du temps,

Flétrir et châtier de tels débordements ! !

SATIRE XII.

LES PANTINS.

Qu'il soit petit ou grand, qu'il soit noble ou vilain,

Robin ou financier, tout homme est un pantin.

Il lui faut, dans l'enfance, un pantin qui l'amuse ;

Plus tard, d'autres hochets il se pare ou s'abuse.

Quand la fosse l'attend, d'un jarret incertain

Il saute pour Phryné, moribond libertin.

Il va sauter au gré d'un rêve ou d'un caprice ;

Pour la morale il saute, il saute pour le vice ;

11

Tantôt paisible agneau, tantôt buveur de sang,

Il saute pour le rouge, il saute pour le blanc.

Parcourez avec moi, d'âge en âge agrandie,

La scène où se joua l'humaine comédie,

Et nous y pourrons voir figurer tour à tour

Les pantins d'autrefois près des pantins du jour.

Renaissez, charlatans de Rome et du Pirée,

Bateleurs, histrions, et vous, troupe sacrée,

Chorybantes, Sybille et Druide gaulois;

Affranchis des Césars, fous de nos premiers rois;

Pope, Santon, Lama, Bonze, Brame ou Derviche;

Baladin empourpré, toi qu'eut Anne d'Autriche

Pour maître et pour amant; d'Orléans, Isabeau,

Couple adultère! et toi, brave, galant et beau,

Qu'empoisonnait l'amour d'Anne la Ferronnière;

Toi, royal baladin, sautant pour la Vallière;

Favoris d'une reine ou mignons d'un tyran,

Et toi, le pied fourchu, l'œil louche, Talleyrand,

Toi, prince des sauteurs, merveille de souplesse,

Dont l'avarice seule a surpassé l'adresse,

Tu sautes pour l'empire et rappelles les lys,

Conspires pour Philippe et trahis Charles-Dix.

Renaissez, charlatans des sectes écossaises;

Vous, atroces jongleurs des deux roses anglaises!

Marchands de liberté, vous, rusés potentats!

Vous, race des Cobourg, innombrable haras,

De royaux étalons, d'innocents capitaines,

Fournissant, à prix fait, nos congrès et nos reines.

Moins nobles, mais plus gais que ces royaux pantins,

Venez à votre tour, pantins républicains.

La marote, sortant de la sphère princière,

Et désertant la cour, s'est faite roturière.

La voyez-vous, à table, au milieu des viveurs,

Du bruit de ses grelots égayer les buveurs,

Ou, prenant l'atelier pour son nouvel empire,

Au saint nom du travail y porter son délire.

A ses joyeux accents, de gros vin arrosés,

Les pantins de la foire accourent, empressés,

Pour répéter en chœur, au sein de l'abondance:

Vive la Sociale, en dépit de la France!

Que d'arlequins, grands Dieux ! arlequins à jabot,

En veste, en habit noir, en blouse, en paletot.

L'un porte le chef ras, grâce aux ciseaux du bagne,

L'autre, les cheveux longs du temps de Charlemagne ;

Voici les noirs tromblons près des rouges képis,

Les bonnets phrygiens auprès du feutre gris.

Écoutez l'orateur d'un club socialiste :

Des abus à saper il nous dresse la liste ;

Des torts contre le faible il se fait redresseur ;

A sa barre viendra l'infâme possesseur,

Pour se voir condamner, à titre d'inventaire,

A faire largement la part du prolétaire,

A subir les douceurs de la fraternité,

En vertu de la loi, de par l'égalité.

Ce n'est plus ce jongleur qui braillait sur la place,

Présentant aux badauds son chapeau plein de crasse ;

Donnez, jetez, Messieurs, admirez mon talent ;

Ces tours-ci ne sont rien, j'en sais un surprenant.

Ce tour, nous le savons : quand l'onde est agitée,

Du fond, la vase impure au sommet est portée :

On fait faire antichambre, et l'habit d'arlequin

Se change tout à coup en sédan superfin.

Que de masques tombés! que de sauts, de gambades !

Que d'ignobles lazzis! que de pantalonnades !

D'hommes qu'on croyait forts devenus Pantalons !

D'autres à leur habit ajustant des galons !

Tout s'est bariolé dans ma belle patrie ;

De plats originaux c'est une galerie.

Mais sur quatre-vingt-neuf reportons nos regards!

Rapprochons ses géants de nos roquets criards.

Comparez les lions de l'ancienne Montagne ,

A nos singes grimpant sur nos mâts de Cocagne;

Les premiers mourant tous sur le lieu du combat,

Les derniers emportant l'os arraché du mât.

Ceux-là firent flotter leur drapeau dans les nues ;

Ceux-ci le traîneront dans la fange des rues.

Est-il un chant de mort de braves Girondins?

Le génie et l'élan de fougueux Jacobins ?

Au lieu d'une sublime et grande tragédie,

Ce n'est qu'une sanglante et plate parodie.

Alors, sous le poignard d'Anglas ne tremblait pas ;

Le tribun de ces temps souriait au trépas.

Nos tribuns d'aujourd'hui, très forts sur la gambade,

Sautent par la fenêtre et quittent la parade.

C'est que le peuple alors, depuis long-temps trompé,

Sut choisir l'homme pur et fortement trempé,

Incorruptible et plein d'un vrai patriotisme,

Il prit pour ses élus des hommes d'un civisme

Inaccessible à l'or, pour qui la liberté

Ne fut pas un vain mot, et dont l'habileté,

A vingt rois ennemis à la fois faisant face,

Déjoua des congrès et l'astuce et l'audace,

D'un grand peuple opprimé revendiqua les droits,

Régénéra le monde, et fit trembler les rois.

Où donc est, aujourd'hui, cet homme en qui la France

Peut mettre son salut, fonder son espérance ?

Où sont donc nos tribuns, et nos hommes d'état ?

Sont-ce ces baladins, vils échos de Marat,

Que l'on a recrutés sur quelque champ de foire,

Gagnant à bien crier leur opulent pour-boire,

Et s'embarrassant peu si le peuple est content?

Qui fait assez de bruit est bon représentant !

Et pour preuve, entendez brailler à la tribune

Ces farceurs de tréteaux, ces coureurs de fortune,

Dont les gros calembours provoquaient la gaîté

Du tourlourou qui flâne ou du gamin crotté.

Sera-ce l'ouvrier qui, dans les jours de fête,

A chaque cabaret fraternise et s'arrête ;

Qui se présente à peine une heure à l'atelier;

Et pour lire un roman néglige son métier ?

Il jette avec dédain sa première défroque

Pour l'habit de fin drap, et, seigneur de l'époque,

Il attire chez lui flatteurs et courtisans,

Et se donne au besoin des mignons complaisants.

J'honore l'ouvrier au sein de son ménage

Vivant avec les siens, laborieux et sage;

Qui, sobre, chaque jour s'enrichit sans regret
De ce qu'à son trésor laisse le cabaret ;
Et, des fruits entassés de son économie,
Assure à ses vieux jours une meilleure vie.
Mais, honte à l'ouvrier fainéant, libertin,
Qui singe l'orateur, va se faire pantin.
Il sera, si l'on veut, poète, journaliste,
Membre de quelque club, plaisant feuilletoniste,
Et, selon que le vent vient du sud ou du nord,
Il trahira le faible et servira le fort ;
Pour le peuple aujourd'hui, demain pour la régence,
A table il trinquera pour la Sainte-Alliance,
Il se ferait Cosaque, et donnerait encor
Sa femme et ses enfants pour une pièce d'or.

Est-ce ce beau parleur dont la voix si flexible
Dit en termes pompeux le cœur incorruptible ?
A cet homme étonnant tout sera familier :
D'un état qui chancelle il sera le pilier.
Rien n'échappe à son œil doublé d'une lorgnette ;

Il fera tout marcher au gré de sa baguette,

Elèvera le sage, exclura l'homme nul,

Et, partout réprimant l'intrigue et le cumul,

Laissera le mérite emporter la balance ,

Et fera dans nos cœurs renaître l'espérance ;

Qu'il s'agisse du peuple ou de la royauté,

De tous les charlatans c'est le plus effronté.

Mais entendez glapir ce maigre publiciste ;

L'estaminet le fit savant économiste ;

A la caisse il saura mettre un ordre complet,

Son procédé pour tous est lucide et parfait.

Martyr pour le progrès sous le tyran Philippe,

Rêvant de meilleurs jours, il culottait la pipe,

Lorsqu'un jeu de bascule, inattendu, soudain,

Le porte de la boue au pouvoir souverain.

Un autre nous dira : — Par ta seule puissance,

Peuple, aplanis les monts, et retourne la France.

Ta sainte voix toujours fut un écho du Ciel ;

Pour la rendre terrible, imprègne-la de fiel ;

Dis aux riches : Tremblez ! car votre heure s'approche !

Pauvres, de leurs trésors remplissez votre poche !

Prouvez à qui voudra que l'ancien possesseur ,

Afin de jouir seul, se fit usurpateur.

Grand peuple, trop long-temps tu subis ta misère,

Frappe ! et sois sans pitié dans ta juste colère.

Hier, dans plusieurs clubs, du farouche pantin

La lèvre proférait ce discours tout bénin :

« Le peuple, en Février, d'une voix unanime,

» Renversa l'échafaud, fut grand et magnanime,

» Laisssa fuir sans frapper ses lâches oppresseurs ,

» Abattit sans quartier quelques rares voleurs,

» Proclama dans la paix la sainte république ,

» Imposa le respect pour la foi politique. »

Mais pour couper la tête à la réaction ,

La loi pour les suspects et la proscription ,

Chargeant les tombereaux, ensanglantant nos places ,

Vont renaître bientôt pour amuser les masses...

Demain, sous le couteau des têtes tomberont,

De nouveaux égorgeurs à la foule diront :

« Place ! laissez passer la hache populaire !...

» Le peuple est grand et bon jusque dans sa colère ! »

Oh ! oui, peuple, toujours tu seras grand et bon ;

Mais arrache le masque à cet adroit fripon,

De qui le cœur avide est gangréné de vice,

Qui, par un leurre, sait surprendre ta justice ;

Repousse les jongleurs, flétris de ton dédain

L'intrigant qui t'abuse, et l'ignoble pantin !

SATIRE XIII.

Les Couvents-Écoles.

LES COUVENTS-ÉCOLES.

Que j'aime à voir un prêtre au pied du saint autel,
Saint ministre de paix, dont l'accent paternel
Va portant jusqu'à Dieu les cris de la misère,
Intéresser le Ciel aux douleurs de la terre.
Le Dieu dont il nous parle est un Dieu juste et bon,
La loi qu'il nous explique, une loi de pardon ;
Pour donner, pour bénir, ses mains s'ouvrent, et, pures,
Ont du baume à verser sur toutes nos blessures.

Il sait, dans nos revers, ange consolateur,

Nous montrer l'espérance à côté du malheur,

Ou bien, mêlant ses pleurs aux larmes qu'il essuie,

Prêcher au repentir la parole de vie.

Voilà le vrai pasteur, devant qui, s'inclinant,

Mon front respectueux se découvre à l'instant.

Près du lit où gémit la douleur indigente,

J'aime encore à trouver, modeste et bienfaisante,

La sœur de Saint-Vincent, ange de qui les soins

Veillent sur d'autres maux et pour d'autres besoins.

Jamais on ne vous vit, saintes et nobles filles,

Entre le monde et vous mettre verrous et grilles;

Mais, accourant partout où se montre un danger,

Pour nous en garantir ou pour le partager,

Nous voyons sous vos pas renaître l'espérance,

Poindre une heure de calme aux heures de souffrance,

L'athéisme trouver un mot de piété.....

La terre vous bénit, sœurs de la charité!

Mais je quitte l'éloge, et je reprends mes verges,

Pour frapper ces nonnains, très équivoques vierges,

Sous un voile menteur singeant la chasteté,

Exploitant la sottise et la crédulité,

Et qui toujours parlant vertus et pénitence,

Font mentir en secret leurs vœux de continence.

Comme tout change... hélas! Ils ne sont plus ces temps

Où dons et legs pieux abondaient aux couvents;

Où, dans de saints loisirs, sommeillaient des abbesses;

Où l'on voyait briller de riches chanoinesses,

Qui, versant le champagne aux chevaliers du guet,

Répétaient le refrain d'un graveleux couplet.

Il n'est plus aujourd'hui chapitres ni prébendes,

Donations ni legs, ni pieuses offrandes.

Ces abus ne sont plus. Le temps avec sa faux

A rasé pour toujours tourelles et créneaux;

Dans son juste courroux, le souffle populaire

Dispersa sur le sol les murs du monastère.

Des fils de Loyola l'esprit subtil et fin,

Pour d'imprévus revers, suit un nouveau chemin.

La piété, pour lui, n'avait plus une obole :
Résigné, mais ardent, il exploite l'école ;
Et, si vous le voyez banni de par la loi,
Il renaît sous le nom des dames de la foi.
Ces nonnes, à l'abri de tout soin de famille,
Peuvent seules vraiment guider la jeune fille,
Tempérer trop de fougue, activer l'esprit lent,
Diriger la science, infuser le talent,
Faire germer au cœur une saine morale,
Faire d'un vrai démon une chaste vestale,
Et vous donner, au prix de quelque mille écus,
De saints enfants dressés à toutes les vertus.

Lorsque le tour est fait, qu'au couvent l'or abonde,
Que va sonner l'instant de rentrer dans le monde,
Quand l'élève a franchi la porte du couvent,
Lorsqu'elle vous revient... quel triste changement !
Pour brillant résultat, l'habile demoiselle,
Hélas ! n'est qu'une prude et qu'une péronnelle.
Elle vous narre au long Joseph et Putiphar,

Dit la main qui traça l'arrêt de Balthazar ;

Ce qu'est un séraphin, ce que c'est qu'un archange,

Là fuite des Hébreux et la chute de l'ange,

La pomme et le serpent, le ragoût de Jacob,

La verge de Moïse et le fumier de Job.

Elle lit dans la Bible, ignore le profane,

Elle connaît Samson et sa mâchoire d'âne.

Arrêtez son caquet, elle dirait encor

Qu'au couvent les nonnains encensent le veau d'or.

La fausse piété fait du couvent-école

Une institution dont la mère raffole.

Où serait, dites-moi, le vernis d'un enfant

Qui n'aurait pas passé six ans dans un couvent?

Là, seulement, on prend la teinte virginale,

Pour un ton noble on change une façon banale;

On apprend à donner la couleur au discours,

A rire lorsqu'il faut, comme à feindre toujours.

Voyez-vous ces essaims de mouches parasites,

Au verbe édifiant, aux formes hypocrites,

Isolément d'abord fondre sur nos cités,

Puis se grouper bientôt dans des communautés?

C'est l'institut Marie, institut la Concorde,

Dames de Saint-Joseph, de la Miséricorde,

Sœurs faisant concurrence aux sœurs du Sacré-Cœur,

Toutes rivalisant de souplesse et d'ardeur.

Des sœurs n'attendez pas la charité chrétienne;

Chez elles vous trouvez un vieux levain de haine,

Capable de changer, quand il monte et s'aigrit,

En démons de fureur des sœurs de Jésus-Christ,

Et vous verrez toujours le fiel d'une rivale

Dérober au mystère un odieux scandale.

C'est ainsi qu'un censeur peut, sans être indiscret,

De ces communautés dévoiler le secret;

Dire ce qu'il y voit de honte et de faiblesse,

De fausse piété, de ruses et d'adresse;

Démasquer leurs moyens, leurs incessants efforts,

Leurs jeux mystérieux, leurs ténébreux ressorts,

Pour engager la foule à suivre leur école,

Et de l'enseignement avoir le monopole.

Mettez, si vous voulez savoir la vérité,
Aux prises l'intérêt et la rivalité.
Pénétrez au parloir, et, dans la causerie,
Amenez l'entretien sur les sœurs de Marie :
Aussitôt vous verrez ce que peut le venin
Qu'une nonne en fureur recèle dans son sein.
Par d'adroits demi-mots, d'habiles réticences,
Elle dira comment, avec des complaisances
Que la pudeur repousse et qu'on doit déplorer,
Un institut naissant arrive à prospérer.
Des sœurs du Sacrement elle dit l'opulence,
Des dames de la Foi la superbe arrogance,
Décoche un trait malin à la Réunion,
Égratigne en passant la Visitation ;
Elle voue à l'oubli les blanches Augustines,
Montre sur leur déclin les nobles Ursulines.
A leur tour celles-ci, de leur ton papelard,
En fait de coups de dent ne sont pas en retard,

Et, de leurs saintes sœurs dévoilant les mystères ,

Des servantes de Dieu vous feront des mégères.

Et voilà les maisons dont l'Université

Tolère les abus et l'incapacité !...

Car, pour tout enseigner, il faut à la nonnette

Un voile qui la masque, ou bien une cornette ;

Pour ceinturon il faut l'énorme chapelet ,

Une robe de bure imitant le corset ;

Il faut savoir conter une sainte légende,

Pour faire de l'école une riche prébende,

Et pour science enfin , il faut, ni moins, ni plus ,

Le talent de bien feindre, et l'amour des écus.

Veut-on savoir pourquoi le vulgaire imbécile

Entretient des couvents l'abondance stérile ?

Pourquoi tant d'or profane en leur coffre béni,

Porté par mille mains, va se perdre enfoui?

C'est que nos saintes sœurs savent que dans le monde,

Où sur l'amour du gain aujourd'hui tout se fonde ,

Il faut, pour obtenir un succès plus complet ,

Flatter la passion ou servir l'intérêt.

On peut adroitement, dans une circulaire,

Dire : Tout pour Dieu seul, et rien pour le salaire ;

On peut dans un programme écrire prudemment

Qu'on veut, avec le riche, instruire l'indigent.

Mais lorsque le couvent, fidèle au protocole,

Aura, gratis, ouvert les portes de l'école,

Tout enfant , riche ou pauvre, également admis ,

Pour tout enseignement à la tâche soumis ,

Fatiguera le jour les ciseaux et l'aiguille,

Pour le linge bourgeois et pour la pacotille.

Et, de ce saint trafic doublant leurs revenus,

Les nonnes pourront rire en vendant leurs agnus.

Je ne vous parle pas ici des hautes classes :

Là, tout vient à souhait , les recettes sont grasses;

C'est merveille, vraiment!... Vous ne diriez jamais

Tous les cas imprévus , et tous les menus frais :

Tant pour la pension, tant pour le luminaire ;

Un cadeau pour sœur Marthe, un cadeau pour la mère;

Tant pour le médecin, jouets, médicaments,

Livres, plumes, papiers; total : trois mille francs !

Et croiriez-vous la sœur pauvre au milieu du faste ?

Il n'est pour le couvent édifice trop vaste,

Il n'est brillant palais, ni monument trop beau,

Pour enclore en ses murs un opulent troupeau.

Il faut riches salons pour de grands personnages,

Vastes cours pour loger d'élégants équipages;

Il faut salles d'attente, appartements divers,

Pour faire l'oraison et les petits soupers.

Il faut un aumônier, il faut une chapelle,

Dont l'autel soit galant, la coupe antique et belle :

A Dieu ne doit-on pas du trésor une part,

Pour garder sans remords ce qu'on vole à César ?

Le mensonge toujours leurre la confiance,

L'erreur sera toujours le lot de l'ignorance ;

Nous verrons ces abus jusqu'à ce que le temps

Emporte dans sa course et nonnes et couvents

SATIRE XIV.

Les Rats d'Église.

LES RATS D'ÉGLISE.

Prenez votre lanière, un peu moins de paresse,

Donnez à vos leçons toute votre rudesse ;

Muse, de votre dard acérez l'aiguillon,

De l'église voisine ébranlez le bourdon,

Pour faire entendre au loin votre voix répressive,

Et contre les abus être sur le qui-vive.

Racontez les exploits, dites-nous les secrets

De ces gros rats d'église à ronger toujours prêts ;

De vos verges battez , chassez avec colère

Ces hardis brocanteurs du pieux sanctuaire,

Qui font d'un temple saint un rendez-vous public

Où d'avides marchands se livrent au trafic.

Gardez-vous de toucher à la sainte croyance

Qui porte dans notre âme une douce espérance ;

Respectez dans vos vers toute communion :

Hommage, paix et gloire à la religion !

Cependant vous pouvez sans encourir le blâme ,

Sans craindre qu'on vous voue à l'éternelle flamme ,

Dénoncer au mépris les serviteurs de Dieu

Qui feront un bazar des portes du saint lieu.

Là , le dimanche on vend les os de saint Pancrace ,

La sandale de cuir du père Boniface ,

Amulettes , agnus , rosaire et médaillon ,

La pistache en cornet , et le fin tortillon ;

On donne pour un sol l'image de Monique ,

Et des vers à l'honneur de sainte Véronique.

Voilà les petits rats ; les gros sont en dedans ,

Et peuvent à loisir ronger à belles dents.

Que veut cette mégère, à la peau si rugueuse ?

C'est une vieille fille, on l'appelle loueuse ;

Elle est pour observer au fidèle indigent

Que la chaise de Dieu se donne à prix d'argent.

Pour être bien assis et pour prier à l'aise,

Ne peut-on sans trafic tarifer une chaise ?

Un endroit réservé près du saint Sacrement,

La loueuse l'octroie avec un supplément.

Aussi la voyons-nous, frétillante et si vive,

Placer et déplacer la chaise productive,

Faire dévotement le signe de la croix,

Mettre la main au sac pour prélever ses droits,

Certaine qu'à leur tour messieurs de la fabrique

Prisent plus un écu qu'une sainte relique.

S'il est pour le bedeau peu de revenant-bon,

Il vivra, croyez-moi, dans la sainte maison ;

Et si vous lui voyez une face si blême,

Qu'à la voir on dirait qu'il sort d'un long carême,

C'est qu'un dépit caché, mais je serai discret,

Lui travaille la bile, et le ronge en secret.

Je dirai, pour ôter tout soupçon téméraire,

Que c'est un mot piquant lancé par le vicaire,

Ou que d'un peu de haine il sent que le levain

Fermente dans son cœur contre le sacristain.

Et vous devez savoir, souffrez que je le dise,

Que la bile eut toujours son dépôt à l'église,

Et que vous trouverez et la haine, et le fiel,

Dans l'âme des Judas qui vous parlent du ciel.

Ce n'est pas sans raison qu'un bedeau porte envie

Au routier le plus fin, au rat de sacristie :

C'est là que tout est gras, que tout est de rapport ;

Les emplois lucratifs y sont de son ressort.

C'est bien le sacristain qui désigne d'avance

Le jour où deux époux se passent l'alliance.

Lorsqu'il s'agit des bans ou d'un avis certain,

Pour être renseignés, portez au sacristain.

Vient-il à compulser le livre du baptême,

C'est *gratis pro deo* ; seulement à lui-même

On fait un petit don , si peu que l'on voudra ,

Mais son regard vous dit le plus que l'on pourra ;

Et ce livre est si gros , et les noms si multiples ,

Qu'à toute heure les dons y sont doubles et triples.

Un enfant vient de naître , il prend de toute main ;

Chacun fait son offrande, et marraine et parrain ;

Il trouve os à ronger un jour de relevailles ,

Il a part au butin au jour des funérailles ;

Que l'on naisse, ou qu'on meure , il fait argent de tout,

Il ne fait pas un pas qu'il n'ait la pièce au bout.

Un temple, est-ce un lieu propre à la caricature ?

Quel est donc ce gros rat à la guerrière allure,

La cocarde au chapeau , de rouge empanaché ,

En habit d'ordonnance , et de couleurs chargé ?

Qu'il a le jarret droit et la mine égrillarde !

Voyez-le de sa main brandir sa hallebarde.

Entre les rats du lieu, ce vaillant grenadier,

En tête de la troupe , avance le premier.

S'il reçoit quelque don par extraordinaire,

C'est l'obole ajoutée à l'annuel salaire ;

Mais au premier de l'an, nous voyons notre rat

Aller de porte en porte, en habit d'apparat,

Porter ces vœux d'usage : heureuse et bonne année,

Que la famille soit robuste et fortunée,

Demandant en échange, et d'un ton nasillard,

Ou la pièce, ou des œufs, ou la tranche de lard.

Le suisse et le sonneur sont deux friands compères,

Que vous verrez toujours trinquer et vivre en frères.

Le premier de sa quête apporte le jambon,

Et le second l'argent produit par son bourdon.

S'il arrive parfois qu'une pensée amère

Vous empêche la nuit de fermer la paupière,

A peine le sommeil vient-il fort à propos

A vos sens agités porter un doux repos,

Que l'enragé sonneur se suspend à la corde,

A double carillon, et sans miséricorde,

Une heure avant le jour, jusqu'à ne pouvoir plus,

Invite les chrétiens à dire l'*Angelus*.

Comme mon pauvre toit du clocher est très proche,

Je donnerais au diable et sonneur et la cloche.

Il sonne pour la vie, il sonne pour la mort,

Et plus il recevra, plus il sonnera fort.

Ne l'entendez-vous pas dans les grands jours de fête?

C'est à désespérer, c'est à briser la tête...

Sur mon âme, on dirait, dans les jours fériés,

Que cloches et sonneurs se sont multipliés !

Quel son retentissant !... Est-ce un bourdon encore ?

Non, c'est l'homme à la voix plus forte que sonore,

Le chantre aux forts poumons, au redoutable poing,

Habile au pugilat, c'est l'ivrogne du coin.

Quel est cet ornement dont l'église l'affuble?

On l'appelle, je crois, l'ample et riche chasuble.

Une voix foudroyante et dressée au plain-chant

L'a fait roi du lutrin, le tonnerre du chant.

Voyez comme à l'autel il beugle et se pavane !

Comme il enfle les sons de son puissant organe !

Et lorsqu'il vous entonne un *requiem* de deuil,

C'est à faire trembler le mort dans son cercueil !

Il n'est pas de paroisse ici , je le déclare ,

Qui n'ait à son service un talent aussi rare ,

Et n'alloue au hurleur de l'office divin

Un salaire qui donne un ample pot-de-vin.

Muse , élève ton vol sans perdre de ta bile.

Au noble personnage il faut un plus haut style.

Va trouver dans son banc l'imposant marguillier :

Des princes du lieu saint c'est le familier.

Peins-nous d'un trait plaisant la gravité comique

De ce rat à frac noir , membre de la fabrique.

S'agit-il de baisser ou d'élever l'autel ,

Le marguillier dira son mot sacramentel.

C'est lui seul qui perçoit , c'est lui qui tient la caisse ,

Qui dit des fonds sacrés ou la hausse ou la baisse ,

Suppute le produit des quêtes et des troncs ,

Ce que peuvent verser les fêtes des patrons.

Sur tous les autres rats il a l'omnipotence ,

Dans les solennités le droit de préséance ;

A la procession il ne marche jamais
Qu'à côté du curé , sous le dôme du dais.
Sa femme pour la nef , en dehors de l'enceinte,
Tout comme son mari , travaille à l'œuvre sainte ;
Mais de longs entretiens naît une intimité
Qui, très pure d'abord , passe à la privauté ,
Et la chaste moitié d'un si haut dignitaire
Comptera ses amours par les grains d'un rosaire.

Je laisse à deviner les tours et les ébats
Auxquels dans le lieu saint se livrent mes gros rats.
Je ne laisserai pas d'encadrer dans ma liste
L'espiègle enfant de chœur, le serpent, l'organiste.
Dans les pieux concerts leur rôle est essentiel ;
La prière, sans eux, n'irait pas jusqu'au ciel.
Mais il faut humecter la musique sacrée
De rasades , jujube , et verres d'eau sucrée :
On en use souvent ; l'église à cet objet
Consacrera toujours un suffisant budget.
Lorsque le coffre baisse , un appel aux fidèles

Comble le déficit par des quêtes nouvelles.

Il n'est rien au saint lieu, même le bénitier,

Qui n'offre quelque lucre, et ne soit un métier.

Tous ceux que vous voyez entrer au saint service

Ne prêtent à l'autel qu'un mercenaire office ;

Tout œuvre ou fonction qui concerne la foi

Devient entre leurs mains un lucratif emploi.

Voulez-vous faire aimer votre religion sainte,

Ministres du Très-Haut, chassez de son enceinte

Tant de rats engraissés, de riches mendiants,

Qui de nos dons pieux vivent en fainéants ;

Faites que sans argent on entre au sanctuaire :

Dieu ne frappa jamais d'impôt sur la prière !

SATIRE XV.

Les Cassandres de 1850.

LES CASSANDRES DE 1830.

Quand pour un trône usé sonne la dernière heure,
Quand un peuple envahit la royale demeure,
Qu'il ne discerne plus les abus ni les droits,
Que tout est méconnu, l'autorité, les lois;
A l'heure qu'une tourbe immonde et sanguinaire,
Allumant ses brandons, et quittant son repaire,
Formidable levier d'avides novateurs,
Va jetant l'épouvante en horribles clameurs;

Alors que ce bon peuple, infortuné, crédule,

S'amuse à contempler les jeux de la bascule,

Où l'intrigant s'escrime, animé par l'espoir

De saisir de ses mains les rênes du pouvoir ;

A l'heure qu'un état peut se réduire en cendres,

Ecoutez l'avenir prédit par nos Cassandres.

Les partisans des lis et du vieux parchemin,

Ducs, marquis, hobereaux, rêveurs de droit divin,

Certains de voir renaître, avec le droit d'aînesse,

Les titres, les cordons de l'ancienne noblesse,

La dîme, la corvée, et le bât féodal,

La glèbe, le cuissage, ou droit seigneurial,

Dans l'espoir de gagner une cause perdue,

Appelleront le peuple aux combats de la rue.

Éternels ennemis de toute royauté

Qui n'a pas un cachet de légitimité,

Ils donneront la main à l'intrigue ou cabale,

La plus âpre à saper l'autorité royale,

Et ne rougiront pas d'abriter leur drapeau

A l'ombre de celui que teignit le bourreau.

Mais si le peuple abat l'échafaud politique,

Et si, pure de sang, on voit la république

S'enraciner au sol, et si la nation

Enseigne à l'univers une sainte union,

Si, prévoyant déjà l'heure de délivrance,

Les peuples vont former une sainte-alliance,

Vous verrez aussitôt mes Cassandres royaux

Trouver dans l'avenir des augures nouveaux.

Pour servir leurs desseins ils mettront en campagne

Le balai d'un Nelson, l'Autriche, l'Allemagne,

Les bataillons nombreux du formidable czar,

Qui devant l'ennemi dira comme César :

Les peuples de mon bras vont sentir la puissance,

Je vais river leurs fers, et châtier la France,

Revendiquer les droits des princes couronnés,

Et remettre en honneur les écus blasonnés.

Champions décrépits de la loi féodale,

Est-ce là le héros de la cause royale ?

Pour restaurer un trône, est-ce là le guerrier ?

N'avez-vous pas d'autre arme, et de plus fort levier ?

Espérez-vous par lui vaincre la république ?

Le revoir parader sur la place publique ?

Voir le sol envahi, nos monuments brûlés,

Et mieux nos bataillons par ses boulets criblés ?

Planter sur des débris votre drapeau sans tache

Serait une victoire odieuse,.... et si lâche !

A chaque prétendant l'oracle dit son mot.

Pour maître il faut un roi, fût-ce un prince au maillot.

L'état, nous dira-t-on, nécessite l'urgence

D'acclamer d'Orléans, Chambord, ou la régence.

Les Cassandres guerriers dressent le piédestal

Où viendra se percher l'aiglon impérial.

Le peuple, fatigué de lutte et de carnage,

Reconnaissant l'erreur et devenu plus sage,

Arrachera le masque à ces rusés bandits,

Qui pour mieux l'abuser se disent ses amis.

Le bon sens des Français fera bientôt justice

De tant de charlatans qui patronent le vice,

Comme nos bons voisins construira des pontons ,

Pour déporter au loin ces écumeurs gloutons ,

Qui sont de leur pays le fléau , la ruine ,

Qui menacent l'état d'une incessante mine ,

Et cherchant un abri sous l'égide des lois ,

Nous subirons heureux la tutelle des rois.

Les vaillants précurseurs du vrai socialisme

Nous diront que sur terre, en place d'égoïsme,

On voit dans l'avenir s'élever sans effort

Le petit jusqu'au grand , le faible jusqu'au fort ;

Plus d'intérêts privés , d'ambition , de haine ;

Le moi disparaîtra parmi l'espèce humaine ;

Ils n'ont qu'à la soumettre au creuset social

Pour qu'elle laisse au fond son penchant pour le mal.

Les hommes se fondront dans un heureux mélange,

Plus de sous-seings, contrats, billets, lettres de change ;

Pour tous même balance , et le droit au travail ;

Chacun met à son tour la main au gouvernail ;

Le monde n'offrant plus qu'une famille unie ,

Il n'est plus de frontière, il n'est plus de patrie ;

Tous fraterniseront : le Maure et l'Espagnol,

John-Bull et l'Irlandais, le Cafre et le Mogol ;

Les gros ne seront plus âpres à la curée,

L'échange plus que l'or soldera la denrée ;

Tous les cœurs ne battront que pour la charité ;

Nous verrons désormais une société

Ne le cédant en rien au poli d'une glace

Dont rien n'a pu souiller ni ternir la surface,

Si le germe du mal, qui repousse, je crois,

Ne fait point ressortir les taches d'autrefois.

Il est d'autres devins, enfants de la Bohême,

Qui, voulant retourner la nature elle-même,

Portent l'égalité jusqu'aux astres des cieux,

Vont niveler les monts, les hommes et les dieux,

Et, dressant à l'autel l'idole prolétaire,

Répartir aux truands l'or du propriétaire ;

Désignant au couteau le noble et l'intrigant,

Héros de l'aiguillette et du vieux catogan.

Plus d'inégalité sur ce beau sol de France,

Point de distinction, de rang, ni de distance.

Pour tout égaliser, nos modernes Tarquins

Abattront en jouant la tête aux plus hautains ;

Bientôt nous allons voir les clubs démocratiques

Promulguer leurs décrets sur les places publiques.

Et que nous font à nous de doctes gouvernants?

Il nous faut aujourd'hui le règne des manants.

La science et les arts sont d'infâmes mobiles,

Qui font les uns trop grands, les autres trop serviles.

On verra l'ouvrier, en veste d'apparat,

Sanctionner des lois, et gouverner l'état.

Plus de barons, de ducs, ni d'altesse titrée,

De nobles à quartier, ni valets à livrée ;

Dans leurs brillants palais, sur leurs parquets cirés,

On le verra frotter ses gros sabots ferrés,

Et sa femme, dont l'ail a parfumé l'haleine,

S'ébattre et s'endormir sur le lit d'une reine.

Après l'hymen, l'époux lui passe un géniteur,

Pour ses petits loisirs un vert galant de cœur ;

Adepte de Fourier et de l'omnigamie,

Elle est de qui voudra la complaisante amie.

Pour être à la hauteur des temps et du progrès,

Elle se donne avant, elle se donne après,

Et si l'on objectait les lois de la morale,

Si l'honneur s'alarmait, et criait au scandale,

Le bon peuple saurait, en les tondant bien ras,

Des têtes de bourgeois faire le mardi gras !

Tels sont les pronostics, et bien d'autres encore,

Prédisant à la France une brillante aurore.

L'oracle à tout parti dit riant avenir,

Suivant le gré de tous saura le définir.

Moi qui ne suis devin, oracle, ni prophète,

Qui vois à l'horizon se former la tempête,

Les peuples s'égorger, les sujets désunis,

Des frères forcenés se battre en ennemis ;

Moi qui rêve d'amour pour ma belle patrie,

Évoquant de ses preux la mémoire chérie,

Je dis à tout Français de sa mère jaloux :

Pitt ricane aux enfers....; frères, rallions-nous !

Poésies.

LA MORGUE.

Pourriez-vous m'enseigner ce que c'est que la vie ?
Là, pourquoi l'on blasphème ; ici, pourquoi l'on prie?
D'où vient que la joie hurle à côté des tombeaux ?
Tantôt, c'est la misère et ses sales lambeaux ;
C'est tantôt l'opulence, et tout l'or qu'elle étale ;
Ce sont des pleurs amers, c'est une bacchanale ;
C'est le branle d'un bal, c'est un cri de douleur;
C'est l'orgie insultant aux angoisses du cœur !

Voyez-vous le dédain près de la bienveillance?

A côté de l'amour, la haine et la vengeance?

La vertu que poursuit le cynique brocard?

Un bienfait aiguisant la lame d'un poignard?

C'est que le cœur humain est un miroir perfide ;

C'est un reflet de Dieu dans un limon fétide !

Disons ce que la vie a de plus enchanteur,

D'un amour tant rêvé l'aveu consolateur,

Le flot qui doucement vient jouer sur la grève,

Le calice des fleurs, l'illusion d'un rêve,

La brise du matin, les parfums d'un verger,

L'écho disant au loin le refrain du berger ;

De doux épanchements, ouïs sous le feuillage ;

Le cri du nautonnier, indiquant le rivage.

Mais combien de soupirs ! quels déchirants sanglots!

Combien d'infortunés sont battus par les flots

D'une vie orageuse où rien ne les console !

Avec moi franchissez le seuil noir d'une geôle....

Écoutez..... c'est la voix du pâle prisonnier :

« Tant de jours sans soleil ! et jamais le dernier !

» Respirer sans mourir un air qui vous suffoque !

» Ouïr de longs verrous le cri lugubre et rauque !

» O mon Dieu ! suis-je né pour te craindre ou t'aimer?

» Pour douter de ton nom, ou pour le blasphémer ?

Entrez dans la mansarde aux longs jours de détresse

Où se tord la douleur, où s'éteint la vieillesse;

D'où vous viennent des cris de désolation,

Où le ciel a jeté sa malédiction !

Là , s'offre à vos regards, l'œil tendu , sec, et sombre,

Une femme qui berce une couche dans l'ombre.

Dors, enfant, vois-tu, dors.... encore un jour sans pain !

Dors, ou meurs.....Quoi ! toujours ce cri poignant : j'ai faim!

Un rire affreux sillonne une lèvre livide.....

L'enfant ne pleure plus....! elle est infanticide !

Voilà ce qu'est la vie , un doute , le hasard ,
Déception , mensonge , un crêpe , un corbillard !

Quel est ce bas réduit ! Oh ! j'ai peur..... je frissonne.
C'est la Morgue..... Avancez..... quoi ! ce mot vous étonne.
Écoutez. On se tait !..... quel silence profond !
C'est un écho de mort qui cette fois répond !
Avancez..... voyez-vous sur la dalle sanglante
Ce cadavre encor chaud , à la chair pantelante ?
Cet œil qui roule encore , enceint d'un cercle noir ?
Sur sa lèvre pendante erre un mot.... Désespoir !

Des angoisses tels sont les horribles vestiges.
Mais n'était-il donc pas quelques riants prestiges,
Aucun rêve enchanteur pour bercer son sommeil,
Aucune illusion pour dorer son réveil ?
Il était jeune , hélas! mais vieux de sa souffrance.

Son esprit repoussait tout leurre, ou l'apparence

D'un riant avenir, d'un bonheur qui n'est pas.

Il n'avait qu'un espoir..... il croyait au trépas!

Son âme caressait la blancheur d'un suaire,

Et chaque jour traînant après lui sa misère,

Par un sourire amer, il passe sans effort

Des tourments de la vie au sommeil de la mort.

CHARMES DE LA VIE.

Que j'aime à voir serpenter dans la plaine ,
Sur un tapis de diverses couleurs ,
L'eau d'un ruisseau , d'une claire fontaine ,
Portant la sève à la tige des fleurs !
Leur doux parfum à mon âme ravie
Fait oublier l'ennui de trop longs jours.....
Je crois alors aux charmes de la vie :
Durez encor, mes jours , durez toujours !

Lorsqu'au matin un riant paysage

Offre à mes yeux le donjon d'un château ;

Lorsque je vois, avec simple corsage ,

Gente bergère auprès de son troupeau

Filer son lin , l'âme exempte d'envie ,

Rose sans fard , et belle sans atours.....

Je crois alors aux charmes de la vie :

Durez encor, mes jours, durez toujours !

Lorsque la cloche annonce la prière ;

Lorsque, pensif, j'aperçois, vers le soir,

Un couple heureux gagner avec mystère

Les lieux secrets d'un antique manoir.....

Heureux amants, au plaisir les convie

Un Dieu caché qui veille aux alentours.....

Je crois alors aux charmes de la vie :

Durez encor, mes jours, durez toujours !

Combien de fois sur la rade tranquille ,

Dans ma nacelle interrogeant les flots ,

Vais-je écouter , loin du bruit de la ville ,

Les gais refrains des joyeux matelots !

Là , partageant leur aimable folie ,

L'onde sous moi poursuit toujours son cours,....

Je crois alors aux charmes de la vie :

Durez encor, mes jours , durez toujours !

Quel cœur ne vibre aux accords d'une lyre ?

Qui ne sourit aux rêves du matin ?

Qui ne comprend les transports du délire ,

Lorsqu'une main vient presser une main ?

Aux Parques, moi , toujours je sacrifie ,

Pour que longs jours fassent longues amours.....

Je crois alors aux charmes de la vie :

Durez encor, mes jours , durez toujours !

RIS TANT QU'UN JOUR TE SOURIRA.

Comme la fleur fraîche et riante,
Comme la rose en son printemps,
Si jeune encor de tes quinze ans,
Ris, jeune fille insouciante,
Ris tant qu'un jour te sourira.
L'amour, hélas ! avec son aile
Un jour effleurant ta prunelle,
De quelques pleurs la voilera !

De nouveaux jours peu curieuse,

Sois toujours simple dans tes jeux ;

Tes rêves tous viennent des cieux

Voltiger sur ta couche heureuse.

Ris tant qu'un jour te sourira.

L'amour, hélas ! avec son aile

 Un jour effleurant ta prunelle,

De quelques pleurs la voilera !

Tous les plaisirs sont de ton âge.

Ton âme échappe aux noirs chagrins ;

Tes jours sont tous des jours sereins,

Et tes soirs tous sont sans orage.

Ris tant qu'un jour te sourira.

L'amour, hélas ! avec son aile

Un jour effleurant ta prunelle,

De quelques pleurs la voilera !

Oui, l'amour vient, ma toute gente,

Qui sous des fleurs cache ses traits,

Laisse après lui bien des regrets

A l'âme tendre et confiante.

Ris tant qu'un jour te sourira.

L'amour, hélas ! avec son aile

Un jour effleurant ta prunelle,

De quelques pleurs la voilera !

LA MANSARDE.

C'était l'heure où le bal resplendit de clarté,
L'heure où la vierge chaste, oubliant sa fierté,
Palpitante d'amour, murmure avec ivresse
Un mot tu bien longtemps, un aveu de tendresse;
C'était l'heure où le riche, au sortir d'un festin,
Se couche indifférent sur un large coussin;
L'heure où la courtisane indolemment se penche,
Appelle le sommeil, rêve d'hermine blanche.

15

C'était un soir d'hiver, un soir froid et brumeux ;

Dans un passage étroit, égaré, soucieux.....

Je cheminais pensif, lorsqu'une jeune fille,

Comme une ombre légère, et baissant sa mantille,

Indécise s'arrête.... et passe comme un trait ;

Elle semble éviter un regard indiscret !

Pardonne mon erreur, grâce, fille céleste !

Infame ! je la suis d'un pas furtif et leste !

Bientôt d'une mansarde elle a franchi le seuil.

Mais que vois-je ! Un grabat, la misère et le deuil !

Je trouve la douleur où je cherchais des charmes ;

Son sein dit les soupirs, ses yeux disent les larmes,

Son front pâle reflète un rayon chaste et pur.

Soudain j'allais quitter ce réduit sombre, obscur,

Quand une voix me frappe... Est-ce peur ? est-ce crainte ?

C'est la voix d'un vieillard, une voix presque éteinte !

« Fille, je te bénis.... ange, viens près de moi,

Bien près, plus près encor.... Ma fille, c'est bien toi ?

Toi qui me rends l'espoir, lorsque l'espoir s'envole ;

Ta voix sèche mes pleurs, ton baiser me console.

Si mon âme s'enfuit, tu la retiens toujours !

O mon Dieu! pas encore.... encore quelques jours !

Vois comme je suis fort ! vois comme mon œil brille !

Dans ton séjour, dis-moi, dis, aurai-je ma fille ? »

Pour finir sa pensée, il veut faire un effort;

Le trépas, en passant, l'enveloppe et l'endort !

Mais la mort respecta son paternel sourire ;

On eût dit le sommeil, et comme avec délire

Sur sa fille son front semblait se reposer,

Ses lèvres s'entr'ouvrir pour donner un baiser !

Toujours ce souvenir enchaîne ma pensée ;

Il s'offre impitoyable à mon âme oppressée !

Je le vois, ce vieillard, sur la paille étendu,

Son œil mort qui regarde, et me dit : Que veux-tu?

Viens-tu, jeune insensé, marchander des caresses ?

Aux appas de la chair jeter quelques largesses ?

Ajouter l'infamie à la rigueur du sort ?

Parle donc à ma fille à mon chevet de mort ! ! !

PARTEZ, CHAGRINS,

***

J'aime les lieux qu'embellit la nature,
L'air embaumé des parfums d'une fleur ;
J'aime les bois, les champs et la verdure,
Où naît et meurt l'honnête laboureur.
Là, je vis loin du fracas de la ville ;
Là, je m'endors au bord d'un lac tranquille ;
Mon front serein n'est jamais attristé.
Partez, chagrins, laissez-moi ma gaîté.

Là, sans détours, je puis dire ma flamme :

Je hais la gêne et l'ennui d'un salon.

Un gai refrain vient porter à mon âme

Un chant d'amour qu'on répète au vallon.

De vos accents j'aime la mélodie,

Pâtres, chantez la riante folie.

Mon front serein n'est jamais attristé,

Partez, chagrins, laissez-moi ma gaîté.

Lorsque l'archet appelle sous l'yeuse

Jeunes et vieux pour fêter un saint jour,

Avec usure une troupe joyeuse

Reçoit et rend des baisers tour-à-four.

Puis je conduis à la ronde naïve

Jeune bergère à la prunelle vive....

Mon front serein n'est jamais attristé,

Partez, chagrins, laissez-moi ma gaîté.

Le bal finit, et sur l'herbe fleurie

Bientôt la troupe en cercle s'arrondit.

Tout villageois à sa belle chérie

Dit un couplet que le cercle redit.

Là, de plaisir mon cœur bat, mon œil brille....

Un vin mousseux dans mon verre pétille....

Mon front serein n'est jamais attristé.

Partez, chagrins, laissez-moi ma gaîté.

LE FLOT POPULAIRE.

—————❀—————

Comme gronde la mer après un jour de calme,
Comme le flot blanchi se roule sur le flot ;
Ou comme avec fracas une puissante lame
Vient engloutir l'esquif du tremblant matelot ;

Comme bondit le roc détaché des montagnes ;
Comme un boulet captif tonne et prend son essor ;

Ou comme le torrent inonde les campagnes,

Alors que le soleil mûrit nos épis d'or;

Telle, et plus forte encor dans son jour de colère,

Autour des rois rugit la vague populaire.

Comme elle est formidable après un long sommeil!

Avez-vous entendu la voix retentissante,

Avez-vous vu flotter la bannière sanglante

De tout un peuple à son réveil?

A flots précipités voyez comme il s'avance!

Voyez-le déborder comme une mer immense!

Comme il brandit sa lance à son bras de géant!

Voyez son œil ardent que le regard allume,

Sa lèvre menaçante et couverte d'écume,

Comme les bords de l'Océan !

Pâlissez sur vos trônes,

Déposez vos couronnes,

Arrière, potentats!

Que peuvent vos alarmes,

Vos boulets et vos armes?

Que peuvent vos soldats?

Lorsque dans la tourmente

Un mot roule et fermente,

Lorsqu'au cœur le sang bout....

Que pourrait la mitraille,

Le sort d'une bataille,

Quand le peuple est debout?

Ce que peut la poussière,

Ou la feuille légère,

Au tourbillon du vent;

Ce que peut un brin d'herbe,

Ou la tige superbe,

Aux efforts du torrent.

Est-ce là cette foule autrefois si frivole,

  La veille encor cherchant les fêtes et les jeux,

Auprès d'un bateleur si riante et si folle,

  Défiant ses rois par des chants et des feux?

Cette foule, aujourd'hui que la mort l'environne,

Bondissante de joie au signal des combats,

Porte son pied fangeux sur les marches du trône,

Balayant en passant les files de soldats !

    Au milieu de l'orage,

    Le flot gronde plus fort ;

    Tel le peuple avec rage,

    Au milieu du carnage,

    Bondit avec transport ;

    Il se serre en colonne.

    Le bronze éclate et tonne,

    Et le sabre moissonne

Ses bataillons épais ;
Mais la lame éclatante

De sa hache sanglante
Frappe plus menaçante,
Plus prompte que jamais !

La vague dort paisible après une rafale ;
Au jour sombre succède un jour riant et doux,
L'astre des nuits s'efface à l'aube matinale,
Et le calme se fait après un long courroux.

La mort ne frappe plus ; le peuple a dit : Victoire !
Il traîne à ses foyers ses membres mutilés,
N'ayant pour tous lauriers, pour titres à la gloire,
Que des lambeaux de chair dans la fange roulés !

Qui pourrait éloigner l'orage qui s'apprête,

Lorsqu'un levain fermente au sein des nations?

Qui pourrait arrêter l'heure de la tempête,

Quand sonne le tocsin des révolutions?

SOUS L'ÉGLANTIER.

━━◦◦◦━━

Tout souriait à mon âme charmée,
Lueur d'espoir brillait dans l'avenir ,
Tout était fleur, toute fleur parfumée ,
Longs jours d'amour qui ne devaient finir !
A mes genoux il me semble l'entendre ,
Si doux , si humble, accuser mes rigueurs...
Sous l'églantier, confiante et plus tendre,
Mère , je crus à ses transports menteurs !

Son cœur mentait , quand sa voix suppliante
Disait amour... et je disais tout bas ,
Pleine d'espoir, d'ivresse palpitante :
A toi toujours..... mais je ne mentais pas !
De mon erreur pouvais-je me défendre ?
A mes remords il jetait quelques fleurs...
Sous l'églantier, confiante et plus tendre,
Mère , je crus à ses transports menteurs !

Il promettait tant de jours sans nuage,
Un jour surtout qui, d'un mot solennel,
A mon amour devait offrir pour gage
Des nœuds sacrés que l'on forme à l'autel !
A mes refus pour se faire comprendre ,
Il retraçait des rêves enchanteurs !...
Sous l'églantier, confiante et plus tendre,
Mère , je crus à ses transports menteurs !

Ah ! par pitié, cache-moi ta colère !

Toi, me haïr ! tu ne le saurais pas!

Pleure plutôt, pleure sur ma misère.

C'est ton enfant.... mère, ouvre-lui tes bras !

Quand je pleurais..... l'ingrat, pour me surprendre ,

Avec tant d'art savait feindre les pleurs...

Sous l'églantier, confiante et plus tendre ,

Mère, je crus à ses transports menteurs !...

ELLE VENAIT.

Elle venait souvent sur ce banc de verdure
Le soir quand se levait la brise fraîche et pure,
Et qu'un dernier rayon brillait encore aux cieux.
Son front noble cachait une sombre pensée,
Rien ne semblait sourire à son âme oppressée,
Des pleurs amers voilaient ses yeux.

Murmurant quelques mots que j'entendais à peine,
Elle allait, revenait, languissante, incertaine.
Sa parole était brève, et son accent plaintif.
Un mal caché semblait ajouter à ses charmes,
Aux pleurs qu'elle versait je donnais quelques larmes.
　　　Comme elle, moi j'étais pensif.

Soudain, comme pour fuir une pensée amère,
Sa tête se levait, moins timide et plus fière.
Son port prenait alors une noble fierté;
Elle accusait un nom d'oubli, de perfidie;
Son œil avait du feu, son regard plus de vie,
　　　Et sa pâleur plus de beauté.

Contre un lâche abandon je murmurais comme elle;
Pour un amour si saint, j'eusse été plus fidèle.
Mon cœur parfois rêvait un calme à ses douleurs;
Mais que peut un aveu rencontrant une plainte?

Nouveaux serments heurtant une douleur si sainte ?

Peut-être encor serments menteurs !

Ses jours se consumaient de ce feu qui dévore.

Elle n'espérait plus, mais elle aimait encore.

Elle cherchait en vain quelque calme en ces lieux,

Ne croyant plus sans doute à l'amour sur la terre,

Sublime et succombant à sa flamme si chère,

Son âme a volé dans les cieux !

Tout me retrace ici son image adorée.

Ne viendra-t-elle plus, palpitante, éplorée,

Raconter sa souffrance à l'écho du manoir ?

Faudra-t-il renoncer aux rêves de mon âme,

Au changement que peut le temps sur une femme,

Aimer comme elle sans espoir ?

J'interroge les bois, les pâtres des collines,

Le torrent qui descend des montagnes voisines ;

A tout je la demande, et tout rit de mes pleurs !

Pour moi dans la nature il n'est plus d'harmonie,

L'hôte des bois n'a plus des chants de mélodie,

Avril pour moi n'a plus de fleurs !

DIS LA CHANSON DU PETIT SAVOYARD.

Tu disais vrai.quand tu disais, ma mère :
Mon pauvre enfant, si tu cours le pays ,
Va, mon petit, la France hospitalière,
Aux Savoyards est un pays d'amis ;
Va saluer cette terre étrangère.
De ses bienfaits tu cueilleras ta part ;
Mais.en retour, comme faisait ton père ,
Dis la chanson du petit Savoyard.

Amour à toi, noble enfant de la France !
Au Savoyard tu tendis une main.
Tu comprends seul le cri de l'indigence,
Chez toi jamais je ne connus la faim.
Combien tu sais prodiguer avec charme
Prompte assistance, espoir et doux regard !...
J'ai vu souvent dans ton œil une larme
Lorsque pleurait le petit Savoyard.

A la chaumière, au village, à la ville,
Partout sensible, et partout généreux,
A l'étranger tu donnas un asile ;
Sous ton beau ciel j'eus quelques jours heureux.
Il m'en souvient, quand l'enfant de Savoie
Loin du foyer se tenait à l'écart...
Jeunes enfants, vous disiez avec joie :
Viens près de nous, viens, petit Savoyard !

Adieu, je pars, ma seconde patrie,

Mon cœur n'a plus qu'un désir, qu'un souhait,

C'est de revoir une mère chérie,

De lui conter le bien que tu m'as fait.

Ah ! si jamais un Français sans asile

A ton foyer recourait par hasard,

Mère, ouvre-lui ta chaumine tranquille :

C'est un ami du petit Savoyard !

A LYA.

As-tu vu, ma Lya, dès l'aube matinale,
La fleur s'épanouir, et rompre son pétale,
Exhaler les parfums d'une suave odeur,
Ajouter son éclat à la douce verdure,
Eclore et s'élever comme toi fraîche et pure,
Et comme toi briller de sa vive couleur?

Ton cœur palpite-t-il, dis-moi, céleste femme !

Comprends-tu, dis, Lya, les transports de mon âme,

Quand naît à l'horizon une faible lueur ?

Charmes d'un jour naissant, doux rêve, dure encore.

Que j'aime les reffets des rayons que l'aurore

Fait scintiller au loin dans la blanche vapeur !

De la nature entends les accords, l'harmonie,

Du chantre des forêts la douce mélodie.

Vois l'agile poisson qui nage dans la mer,

L'herbe que ton pied foule et que ta robe frôle,

Le vermisseau qui rampe et l'oiseau qui s'envole,

Qui voltige et s'abat, qui s'élève et fend l'air.

Entends-tu, se berçant de douces rêveries,

Une bergère au loin, dans les vertes prairies,

Préluder aux refrains de l'aimable saison ?

Dispos et matinal, Lya, vois-tu le pâtre,

La brebis innocente et le chevreau folâtre,
De mille bonds franchir les touffes du gazon?

N'as-tu pas vu blanchir le bouton d'aubépine?
L'oiseau se balancer sur le jonc qui s'incline ?
Dans son lit tortueux murmure le ruisseau,
Dont le courant emporte une feuille éphémère,
Qu'un jour seul dessécha, que la brise légère,
Détacha du vieux chêne ou du jeune arbrisseau.

Je comprends trop, Lya, ce que dit cette feuille...
Nos jours sont une fleur que chaque jour effeuille,
Qui s'écoulent dans l'ombre en de vagues désirs,
Et sèment sur nos pas un rêve d'espérance,
Une heure de bonheur, de longs jours de souffrance,
La vieillesse, une tombe... et quelques souvenirs!

LA FOULE.

La foule déployant ses masses turbulentes,
La foule aux mille voix, confuses, discordantes,
Torrent impétueux qui déborde les rois,
Qui dans sa course emporte autorités et lois ;
La foule c'est le peuple, ou barbare, ou sublime ;
Le matin sanguinaire et le soir magnanime ;
Assemblage inouï de fange, de grandeur ;
Opprimé quelquefois, quelquefois oppresseur ;

Aujourd'hui promenant une tête sanglante ;

Il fléchira demain sous la morgue insolente,

Sous les fers et le joug d'un monarque orgueilleux,

Qui n'a d'autres lauriers que ceux de ses aïeux.

Peuple, ou foule..... c'est là que fermente la vie ;

Là, rugit le plaisir ; là, se roule l'orgie.....

C'est là qu'est la douleur, et ses cris déchirants ;

Là, le crime odieux, ses remords dévorants.....

Là, tout est confondu, le pardon, la vengeance,

La haine à l'œil sanglant, et l'oubli de l'offense ;

Les projets du matin qu'on délaisse le soir ;

Des rêves décevants le poignant désespoir ;

Les abus, puis l'ennui ; le dégoût, puis l'ivresse ;

La misère avec l'or, l'orgueil et la bassesse,

La toilette d'un bal, le deuil d'un corbillard,

Un enfant qui désigne une fosse au vieillard.....

Panorama vivant, la foule offre une scène

Où s'agite la vie édifiante, obscène,

Où l'homme vers les cieux semble prendre l'essor,

Bientôt redevient fange, et plus inerte encor.

Quand je veux fuir l'ennui, j'interroge la foule.

A mes yeux étonnés un monde se déroule,

Monde bariolé de ses mille reflets,

Qui hurle et qui se bat pour quelques vains jouets;

Arlequin débitant sa parade burlesque,

Un grave magistrat son morgue pédantesque;

Détresse, cris joyeux, larmes, dérision,

Piétons et cavaliers, tout est confusion.

Au milieu des rumeurs, un accent de prière

Vient se mêler parfois aux accents de colère.

La foule, selon moi, l'image du chaos,

Dans le sein des tombeaux va confondre ses os!

LE RETOUR.

Quand on revoit, après bien longue absence,
Les premiers lieux si pleins de souvenirs ;
Quand on revoit le toit où notre enfance
Coula naïve en d'innocents plaisirs....,
Un rien alors, maintenant intéresse.
On embellit tous les noms d'autrefois ;
Tout parle au cœur, et tout porte à l'ivresse.
Toit paternel, salut, je te revois !

Je te revois, vieux siége d'où mon père
Mit un baiser sur le front de son fils !
C'est bien le banc..... t'en souvient-il, ma mère,
Où si souvent nous nous sommes assis !
J'entends les noms qu'inventait ta tendresse !
Tes blonds cheveux..... ils blanchissent, je crois !
Je ne pars plus, partagez mon ivresse,
Parents chéris, salut, je vous revois !

Tout me rappelle une femme adorée.
Là, sur ces murs, je traçai mes adieux.
Je le promis à son ame éplorée,
Je viens lui rendre, et mon cœur, et mes vœux.
Comme autrefois protégeant sa faiblesse,
Mon cœur palpite au timbre de sa voix,
Longs jours d'amour prolongez mon ivresse,
Tendre Idia, salut, je te revois !

Prête ta voix, écho de ce rivage,

A ces vallons, répétons tour-à-tour :

Cristal des eaux, forêts et verte plage,

Arbres et fleurs, vous charmez mon retour !

Pour me fêter à l'envi tout s'empresse,

J'entends au loin le pâtre et son hautbois.

Ton ciel d'azur sourit à mon ivresse,

O mon pays, salut, je te revois !

A L'HOMME.

Pour qui ce firmament à la voûte étoilée?
Pour qui brillent au soir ces globes lumineux?
L'immensité des mers, et leur onde salée,
Homme, pour qui la terre et ses hôtes nombreux?

Pour qui l'astre du jour et ses flots de lumière,
Autans, neige, frimas, la végétation,

Les trésors de l'automne et la fleur printanière,
Réponds, homme, pour qui fut la création ?

Ajoute à ces trésors l'éclair de ta pensée,
Rapide parcourant et les temps et les lieux ;
A l'œil de la raison point de borne tracée,
Ta volonté puissante interrogeant les cieux.

Du Dieu par qui tout vit toi seul fidèle emblème,
Homme, ton être touche à la divinité !
Vois rayonner ce front que le maître suprême,
Marqua du sceau brillant de l'immortalité.

Tout repose ou se meut au gré de ton caprice ;
Tu peux seul arriver aux secrets du destin.
Tout prend une âme, un corps sous ta main créatrice,
Seul, tu peux expliquer l'avenir incertain.

Qui calcule le temps, qui mesure l'espace?
De l'abîme qui peut sonder la profondeur?
Dire les premiers jours du siècle qui s'efface?
Aux cieux même qui peut assigner la hauteur?

Que ne peut féconder le feu de ton génie?
Le merveilleux te suit sur les bords écartés
Où chaque jour voit naître, arts, science, harmonie,
Et ces palais brillants qui parent tes cités!

Seul tu peux diriger ta nacelle aérienne
Qui rapide te porte aux régions des airs,
Où plane ta pensée altière et souveraine,
Embrassant le contour de ce vaste univers.

Quel être ne subit ta magique influence?

Sous ton joug vient soumis l'habitant des déserts,

Que te fait l'ouragan et des flots l'inconstance?

Tes flottes couvriront la surface des mers.

L'HIVER.

—————❦—————

Terre, revêts le deuil de la nature;
Fuyez, zéphirs, et toi, pâlis, verdure :
De nos cités l'hirondelle s'enfuit.
Sur le gazon, cessez danses joyeuses;
L'hiver arrive et ses vapeurs brumeuses,
Dans nos climats un jour plus pâle luit.

Cherche un abri, pastourelle gentille ;
Couvre-toi bien sous ta brune mantille ·
Déjà la neige a blanchi nos guérets.
Sous les frimas l'oiseau trouve une tombe,
Dans nos sillons la feuille roule et tombe,
Et l'aquilon dépouille nos forêts.

L'arbuste est nu, la blanchâtre gelée
Couvre déjà la chaumière isolée.
Gai bûcheron, laisse-là ton travail.
Le loup déjà, désertant les montagnes,
Fourbe et cruel, rôde dans nos campagnes,
Se cache et hurle à l'entour du bercail !

Sous les tilleuls la riante folie
N'ordonne plus une ronde jolie.
Echo se tait, la champêtre chanson
Grelotte, et vient près du feu qui pétille,

Vole au foyer où l'étincelle brille,
Éclate, et part du flamboyant tison.

Bientôt janvier ramène ses soirées,
Où le gaz brille en des lampes dorées.
S'ouvrent bientôt les paris et les jeux.
Sur le tapis l'or en pile s'élève,
Puis monte encor..... puis un brelan l'enlève,
Et du joueur l'œil devient terne et creux !

Mais la jeunesse, et plus folle, et plus vive,
Tourne et voltige à la valse lascive.
Plus d'une fois la main cherche une main.
Soudain s'élance une taille aérienne,
Souffle léger que l'œil peut suivre à peine,
Qui va, qui tourne, et s'évapore enfin.

L'archet se tait, la foule se disperse ;

D'un doux espoir le jeune amant se berce :

Heureux instants, souvent trop tôt passés !

Sur l'oreiller la coquette est rêveuse,

Et le poète, à sa blême veilleuse,

Lit quelques vers plusieurs fois effacés !

Saint-Denis à la France.

France, debout ! Que ton vieux coq s'éveille :
A la frontière a sonné le clairon.
France, tu dors lorsque l'ennemi veille !
Abjures-tu la gloire de ton nom ?
Pour secouer ce sommeil léthargique,
Le sabre au poing , que tes enfants unis
Courent venger ta bannière magique....
France, en avant,.... Mont-Joie et Saint-Denis !

Enfants, cessez vos discordes civiles,

Pour les combats retrempez votre acier ;

Ralliez-vous, guerriers, serrez vos files,

Car le Cosaque a monté son coursier.

De ta valeur sois fort, peuple héroïque,

Pâlissais-tu quand tu montras jadis

Aux nations ta bannière magique ?

France, en avant..... Mont-Joie et Saint-Denis !

Avec l'Anglais tu rêves d'alliance !

Qui crut jamais à la foi d'Albion ?

Georges toujours fut jaloux de la France.

Denis ne peut bénir cette union.

Je vois branler l'étendard britannique :

Pour le briser, il faut je le prédis,

Livrer aux flots ta bannière magique.....

France, en avant..... Mont-Joie et Saint-Denis !

Nicolas tremble au fond de la Russie.

Si des combats il courait les hasards,

Peuple soldat, ta bannière chérie

Irait flotter sur le palais des czars.

D'un Metternich je hais la politique;

Repousse-la, France, je la maudis!

Je guiderai ta bannière magique.....

France, en avant..... Mont-Joie et Saint-Denis!

Peuple, des rois craindrais-tu la colère?

Venge tes droits si long-temps méprisés.

De tes hauts faits va rouvrir la carrière,

Et des tyrans les sceptres sont brisés!

Ces rois, saisis d'une terreur panique,

Frémiront tous sur leur vieux trône assis.....

Quand paraîtra ta bannière magique.

France, en avant..... Mont-Joie et Saint-Denis!!

DANS MON TOMBEAU.

Ici viendront dormir le vieillard et l'enfance,

Tout vient finir ici... tout ici dit : Silence !

Oh ! me voilà donc seul en paix dans mon tombeau !

Je ne verrai donc plus ce ciel qu'on fait si beau !

Ce soleil merveilleux que l'homme déifie,

Ces fantômes brillants auxquels on sacrifie.

Non, je ne verrai plus, redressés, abattus,

Ces autels vrais ou faux, ou vainqueurs ou vaincus !

Ces mannequins dorés que la foule caresse,

Ces banquets fastueux que dégrade l'ivresse,

Ni ces fades parfums qu'un servile encensoir

Porte aux heureux du monde, aux hommes du pouvoir.

Et quel serait le prix d'une longue existence,

Pour envier des jours distants de la naissance ?

Tant d'affronts essuyés pour une heure d'orgueil !

Un instant pour la joie, un long temps pour le deuil !

Une grandeur qui prie, elle qui fut si fière !

Des galons que l'on foule aux pieds dans la poussière !

C'est un outrage amer déguisé sous un don,

D'un ami dévoué c'est le lâche abandon.

C'est dans l'obscurité l'odieux parricide,

La coupe du poison dans un repas splendide ;

Puis un morceau de pain que jette la pitié,

Que le pauvre et son chien dévorent de moitié !

Je ne demande plus l'heure à l'heure qui passe,

Je ne veux plus étreindre une ombre qui s'efface,

Ni demander un jour au jour qui va finir,

A la vie un instant que je puisse bénir !

Point de mot importun ! point de voix indiscrète

Qui vienne me froisser où mon esprit s'arrête.

Plus cet amas confus de tant d'objets divers ;

Je puis interroger chacun de mes pensers.

Rien ne rappelle ici la morgue des livrées,

Ces bas adulateurs, ces nullités titrées ;

Ces secrets importants qu'on ne dit jamais bas,

Ces bienfaits tant offerts si vous n'en voulez pas,

Ni ce grand conquérant, fière idole qu'on loue,

Heurtant du pied des fronts qui traînent dans la boue.

Plus rien ne peut porter la colère à mon front.

L'homme, toujours pervers, n'a plus pour moi d'affront ;

L'homme, cet être fourbe et qui sur tout se rue,

Ne viendra plus s'offrir odieux à ma vue,

L'homme, qui vous dépouille et plaint votre malheur,

L'homme, qui vous sourit quand il vous mord au cœur !

Laissons bien loin de moi ces souvenirs de haine ,

Laissons bien loin la vie et son ignoble chaîne !

Je puis jouir enfin de ce calme profond ,

Du calme de la tombe où rien ne me répond !

La tombe qu'un beau rêve a souvent retracée ,

Elle qui dit la paix à toute âme froissée ,

Où je suis descendu joyeux et sans effort ,

Où sans crainte je puis interroger la mort !

Cette mort que le crime avait dit effrayante ,

Et qui dans mon tombeau m'apparaît si riante ,

De son doigt décharné montrant l'éternité ,

Et m'expliquant l'arrêt que le Ciel a dicté !

Je te berçais toute petite.

❦

Pourquoi paraître et t'envoler,
Frêle ange né de ma tendresse?
Qui peut ici bas consoler
Le père que l'enfant délaisse?
Mon Eden, mon ciel, c'était toi,
    Quand ta lèvre enfantine,
    D'une voix argentine,
Me disait : Père, embrasse-moi.

Lorsque , penché sur ton berceau,

Je t'endormais toute petite ,

Sans bruit je fermais le rideau

Qui couvre l'enfant et l'abrite.

Mon Eden, mon ciel , c'était toi ,

  Quand ta lèvre enfantine ,

  D'une voix argentine ,

Me disait : Père , embrasse-moi.

Mon œil ardent suivait tes pas,

Quand pour jouer, encor tremblante,

Tu venais tomber dans mes bras ,

En pleurs, et de peur palpitante!

Mon Eden, mon ciel , c'était toi ,

  Quand ta lèvre enfantine ,

  D'une voix argentine ,

Me disait : Père , embrasse-moi !

Parfois tremblant, bien que joyeux ,

De tes matins purs, sans mélange,

Mes doigts jouant dans tes cheveux,

Pourquoi pleurais-je, dis, mon ange?

Mon Eden, mon ciel, c'était toi,

    Quand ta lèvre enfantine,

    D'une voix argentine,

Me disait : Père, embrasse-moi.

Près de ta couche, et sans espoir,

J'entends pleurer ta pauvre mère;

Tu t'endormais là chaque soir,

En me disant : Bonsoir, mon père!

Mon Eden, mon ciel, c'était toi,

    Quand ta lèvre enfantine,

    D'une voix argentine,

Me disait : Père, embrasse-moi!

MÉDITATION.

Par une nuit d'hiver, lorsque descend la brume,
Dans mon humble foyer lorsque mon feu s'allume ,
    Que sous mes pieds mon chien vient grelotter ;
Quand la flamme s'élève en gerbe étincelante,
Que ma lampe fournit sa lueur vacillante ,
    Seul et rêveur, oh ! j'aime à méditer !

Rien ne saurait troubler ma douce quiétude.

Un fauteuil vermoulu meuble ma solitude;

    Mes vieux chenets me prêtent un appui.

Et que me sont à moi les cristaux, leurs dorures,

Les salons lambrissés, et leurs riches tentures?

    Dans mon séjour jamais n'entre l'ennui.

L'ennui... mais il habite aux lieux où la fortune

Comble ses favoris, qu'obsède et qu'importune

    De faux amis l'étiquette ou l'orgueil.

De valets à livrée une tourbe insolente,

Aux chapeaux galonnés, à la morgue arrogante,

    De leurs palais vient envahir le seuil!

Plus sage, je me ris des brillants équipages,

D'un cordon rouge ou bleu, des princes, de leurs pages;

    Du faux éclat des titres, des grandeurs;

Des sophismes adroits d'un rusé diplomate,

Du lâche courtisan, qui se courbe et qui flatte,

    Pour son entrée au parvis des honneurs!

D'un vain titre je hais le vide et la chimère,

D'un grand nom usurpé la gloire mensongère,

 Un front qui plie et ne rougit jamais ;

Du juge qui se vend la cupide bassesse,

Un rejeton sans âme épris de sa noblesse,

 Rêvant faveurs et titres sans hauts faits.

J'abandonne bientôt un sujet qui m'irrite,

Les lauriers sans péril, le blason sans mérite,

 L'homme petit qui singe la hauteur ;

La bouche que dégrade une parole altière,

L'âme qui se ravale et qui veut être fière,

 Un être abject au faîte de l'honneur !

Parny m'offre sa muse, et suave, et lascive,

L'immortel Lafontaine une fable naïve,

 Gresset Ververt ; et si je veux changer,

J'ai sous ma main la Phèdre de Racine,

Une ode de Hugo, le pieux Lamartine,
    Un gai couplet que chante Béranger.

L'ange de charité vient parler à mon âme,
Vient s'offrir à mon rêve une céleste femme,
    Que le malheur jamais n'implore en vain,
Celle qui dit aux forts : Protégez la faiblesse;
Aux jeunes : Nourrissez, honorez la vieillesse;
    Aux opulents : Assistez l'orphelin

Puis le calme succède à ce pieux délire,
Puis quelques mots confus au milieu d'un sourire,
    Mol abandon après si doux transports.
Mon âme suit au loin une vision blanche,
Mollement sur mon sein mon front serein se penche,
    Puis tout finit... et doucement je dors!

-o-o❧o-o-

L'ORME DU MANOIR.

Il ne vient pas ; tu l'avais dit, ma mère,

Il n'est qu'un temps, qu'un seul jour pour l'amour.

Plains mon erreur ; il m'aimait, ombre chère,

Et je croyais qu'on s'aimait sans retour ...

Lui m'oublier !..... Hier, il dit encore :

A toi toujours mes rêves, mon espoir...

Non, il ne peut cesser d'aimer sa Laure,

Il l'a juré sous l'orme du manoir !

Je t'accusais, pardonne cette injure.

J'ai, n'est-ce pas, quelques droits sur ton cœur?

Amour, dis-moi, dis, tu n'es point parjure.

Oh! c'est un rêve, et tout rêve est menteur!

Il ne vient pas..... le perfide..... et j'implore!

Je m'accusais..... et peut-être ce soir

Abjure-t-il ce serment qu'à sa Laure

Il prononça sous l'orme du manoir!

Il est donc vrai, parjure, il me délaisse!

Et que me sont des jours qu'il a flétris?

Mais quelques pleurs charmeront ma tristesse...

A toi des pleurs... ah! plutôt du mépris!

Tu me trahis, et pourtant je t'adore.....

J'espère encor dans l'affreux désespoir...

Que dirais-tu, si tu voyais ta Laure

Prier pour toi sous l'orme du manoir?

Tu trouveras une femme plus belle,

– Mais où trouver mon amour et mon cœur?

Dis, serait-il une femme fidèle

Qui plus que moi t'aimât, quoique trompeur?

Oui, je chéris ce mal qui me dévore!

Si ma douleur peut un jour t'émouvoir,

Si le chagrin ne fait mourir ta Laure…

Elle sera sous l'orme du manoir!

LE CORTÈGE.

Etalez un vain luxe en passant dans la vie,
Foulez dans vos salons le tapis de Turquie ;
Brillez par vos banquets, dormez sur un trésor,
Habitez un palais où tout reflète l'or ;
Faites voler un char sur la place publique ;
Montrez-nous vos galons ; soyez grand, magnifique ;
A la foule jetez vos mépris offensants :
L'homme vous jettera des fleurs et son encens.

Si la mort, qui jamais ne pèse la naissance,
Qui parcourt tous les rangs, franchit toute distance,
Arrête sur vos fronts ses doigts longs et noueux,
Autour de votre lit sombre, mais somptueux,
L'homme par de vains mots, au lieu d'une prière,
Vient encenser encore un reste de poussière !

Le pauvre, oh! lui, vit seul dans son humble réduit!
Seul aux heures du jour, seul quand s'envient la nuit !
Seul avec son chagrin, seul avec sa misère....
Dans ce triste abandon, sans haine et sans colère,
Son front va fléchissant sous le poids du labeur;
Chaque jour à ses traits imprime une douleur!
Point de calme à ses maux; la peine suit la peine;
Le temps seul ne court pas, et chaque heure se traîne.

Au pauvre la pitié refuse un corbillard !

Ses restes n'iront point, promenés dans un char,

A leur suite traîner une foule bruyante,

D'émotion, d'éclat, d'intérêt palpitante.

Vers l'asile de paix, un ami généreux,

Un seul ami les suit, morne, silencieux....

Un chien... de l'amitié symbole si fidèle!

Vous diriez que du maître encor la voix l'appelle!

Ne fut-il pas toujours son guide protecteur?

A ses heures d'ennui l'ami consolateur?

Avec lui n'eût-il pas quelques heures d'ivresse?

Comme lui bien souvent dans ses jours de tristesse,

Quand son maître tournait ses regards vers les cieux,

Une larme semblait s'échapper de ses yeux!

Poursuis, ami fidèle, un saint pèlerinage,

Forme un cortége au pauvre à son dernier voyage.

Tu veillas sur ses jours, veille sur son tombeau!

Oh! non, tu n'iras point près d'un maître nouveau,

Par des sauts, ni des bonds, ni feintes gentillesses,

Mendier un regard, ou briguer des caresses;

Mais après quelques jours, si, rongé par l'ennui,

Tu n'entends plus sa voix,.... tu mourras près de lui!!!

J'AI VÉCU.

⸙

Elles ont fui ces heures fortunées,
Présages doux d'un avenir riant....
Où dans l'espoir de bien longues années,
Je me berçais de ce rêve charmant :
Long avenir, long temps pour la folie.
Hélas ! ce rêve a sitôt disparu....
Laure, je dois des regrets à la vie ;
Encore un jour, hélas ! et j'ai vécu !

Te souvient-il , lorsque dans la vallée ,
Pour t'abriter contre les feux du jour ,
Tu me suivais à l'ombre de l'allée ,
Où tu reçus mon premier mot d'amour ?
Des dieux mon sort eût excité l'envie....
A mes aveux un aveu fut rendu....
Laure, je dois des regrets à la vie ;
Encore un jour, hélas ! et j'ai vécu !

Quand tu priais à l'ombre du mystère ,
Près de l'autel où descendent les dieux ,
Pour qui brillaient, en disant ta prière ,
Larmes d'amour qui tombaient de tes yeux ?
Ange, qu'alors tu semblais embellie !.....
Mais ces instants comme une ombre ont paru....
Laure, je dois des regrets à la vie ;
Encore un jour, hélas ! et j'ai vécu !

Quand sur ta lèvre il naissait un sourire,

Quand ton regard brillait si doux pour moi ;

Quand tu venais palpitante me dire :

A toi ma vie.... à toi Laure et sa foi !

De quels transports mon âme était ravie....

Pardonne, amante, à mon cœur éperdu !

Laure, je dois des regrets à la vie ;

Encore un jour, hélas ! et j'ai vécu !

Tout ici-bas n'est que leurre et chimère !

Moi qui voulais donner tant de bonheur ,

Laure, bientôt je vais quitter la terre !

Si jeune encore.... et mourir de langueur !

Poursuis des jours que le ciel me dénie.....

Amour, espoir, pour moi tout est perdu.....

Laure, je dois des regrets à la vie ,

Encore un jour, hélas ! et j'ai vécu ?

—o-c⟨⊙⟩⟩-o—

LA DERNIÈRE HEURE.

A l'heure que l'oiseau s'endort sous la feuillée,
Que le timbre d'airain vient clore la veillée,
Qui de nous ne se sent ému d'un saint effroi?
Lorsque nous contemplons la famille en prière,
Méditant à genoux sur son heure dernière,
Quand vibre lentement la cloche du beffroi !

Au flambeau qui s'éteint, à la lueur blafarde,

Que réfléchit le mur d'une sombre mansarde,

Se dessine un grabat où se tord la douleur.

Vous entendez les cris qu'arrache la souffrance,

Le saint prêtre qui prie, et parle d'espérance,

Nous montrant dans le ciel notre lot de bonheur.

Alors vous pénétrez dans une alcôve sombre,

Où gémissent plaintifs quelques soupirs dans l'ombre;

Où languit une fleur dont le ciel fut jaloux,

Un souffle de printemps qui finit et s'exhale,

Comme se fane et meurt une fleur matinale,

Pauvre enfant, tu rêvais un avenir si doux !

Mais elle avait encor tant d'heures pour l'ivresse,

L'abandon gracieux d'une folle jeunesse,

Tous les rêves d'amour si souvent retracés !

Ne diriez-vous pas voir dans un charmant délire

Son front s'épanouir et ses lèvres sourire?...

Qu'en sera-t-il bientôt? Quelques restes glacés !

Vos yeux cherchent en vain la beauté qu'ont ternie

Le souffle du trépas, une lente agonie,

Au chevet de la mort, au dernier jour qui luit;

Quand de l'éternité sonne l'heure fatale,

Que le corps se dissout et que le souffle râle....

Que l'âme avec effort s'évapore et s'enfuit!

Alors vous apparaît à l'œil cave, hideuse,

Au crâne sec, sonore, à la charpente osseuse,

Ouvrant ses bras noueux.... la mort, l'horrible mort!

Alors vous revenez à des heures passées,

Vous jetez un remords à de folles pensées,

Pour fléchir l'avenir, vous rêvez un effort!

Jamais le Baiser d'une Mère.

———❦———

A peine assis sur le seuil de la vie,
Mes premiers jours sont des jours de douleur;
Faible roseau que le moindre vent plie,
Puis-je braver une mer en fureur?
Vous qui rêvez d'un destin plus prospère,
Joyeux enfants, qui pouvez, au matin,
Aller jouer sur le sein d'une mère,
Plaignez le sort du petit orphelin!

Quand vient la nuit, cachés sous la feuillée,

Jeunes oiseaux, bien repus, abrités,

Dormez, dormez : votre mère, éveillée,

Craint pour vos jours, et reste à vos côtés.

Tremblant, moi seul, lorsque l'ombre s'abaisse,

Sans conducteur je m'égare en chemin;

Je pleure alors, et dis dans ma détresse:

Mon Dieu, prends soin du petit orphelin !

Tout au printemps sourit dans la nature;

Mai de ses fleurs nuance le gazon ;

Le bois revêt sa brillante parure;

Tout rit, tout chante à l'aimable saison.

Seul, je ne puis partager votre ivresse,

Vous qui chantez, laissez-moi ce refrain :

A vous les jeux, à moi seul la tristesse;

A moi les pleurs.... car je suis orphelin !

A moi jamais le baiser d'une mère,

Une caresse, un sourire, un regard.....

Sans nul appui, j'erre sur cette terre,

Sans savoir où, je chemine au hasard!

S'il reste encor dans votre panetière

Quelques débris.... donnez, oh! j'ai bien faim....

Dieu le saura, pâtres de la chaumière,

Assistez-moi, car je suis orphelin!

LE CIMETIÈRE.

Quand la lune a chassé le nuage grisâtre,

Qu'elle répand les flots de sa lueur bleuâtre,

Quand la nuit vient briller de ses pâles flambeaux,

    Quand gémit écho de la rive,

    Qu'au loin tinte cloche plaintive...

Que j'aime à réfléchir au calme des tombeaux !

Ouvre-moi tes caveaux, lieu de paix, de silence.

Où viennent s'effacer le rang et la distance,

Où du néant chacun s'en vient subir la loi,

Où va la dépouille mortelle,

Où la mort de sa faux nivelle

Le faible et le puissant, le manant et le roi !

Mais le luxe envahit cette sombre demeure !

Pour qui ces noirs cyprès et ce saule qui pleure ?

Ces caractères d'or avec faste étalés ?

Pourquoi ces écussons, ces armes ?

Pourquoi ces symboliques larmes,

Et ces pleureurs muets, sur marbre ciselés ?

Si d'un homme puissant l'astre s'éteint et tombe,

Sa vanité survit et le suit dans la tombe.

De ses lugubres chants préludant aux accords,

L'église chante sa prière,

Bénit cette noble poussière,

Qui bientôt se perdra dans la cendre des morts !

Monarques, qui rêviez d'une tige divine,

Hommes vains, qui vantiez une noble origine,

Vos noms chargent encor ces tristes monuments,

    Seuls restes de votre mémoire,

    Et pour débris de votre gloire....

Sous mes pieds ont roulé quelques vieux ossements !

Mes pas suivent bientôt la tombe solitaire

Où languit et s'effeuille une fleur éphémère ;

Où le vent fait jouer des guirlandes de fleurs,

    Où repose la jeune fille,

    Où mon œil d'une larme brille,

Où de tristes pensers me rappellent des pleurs !

CE QUE J'AIME.

———

Au doux printemps, j'aime un site champêtre,
J'aime, au matin, le cristal d'un ruisseau;
Que j'aime à voir paraître, et disparaître,
Timide oiseau sous le jeune arbrisseau !
Quand du milan la serre meurtrière
Pour le saisir s'envient fondre soudain.....
J'aime à le voir de son aile légère,
Craintif, venir s'abattre sur mon sein !

J'aime un ciel pur, et sa voûte azurée,

Du soir la brise, et le flot mugissant.

J'aime à voir paître en la plaine dorée

Agneau qui bêle et chevreau bondissant.

Au cachot j'aime un rayon de lumière,

La cloche au loin qui pleure dans les airs,

L'humble parfum d'une sainte prière,

Portant au ciel l'encens de mes pensers.

J'aime d'amour le charme et la souffrance,

Les doux plaisirs qu'on goûte en ses tourments.

J'aime d'Irma la timide innocence,

J'aime ses pleurs que sèchent mes serments.

Oh! j'aime encor sur sa lèvre un sourire,

Son doux regard, de son front la candeur,

Quand elle vient confiante me dire :

Herman, quittez cet air sombre et rêveur

A l'amitié confiant mes alarmes,

De mes revers je crains moins la rigueur.

Si d'un ami je vois couler les larmes,

Je prends aussi ma part de sa douleur.

A son banquet l'amitié nous convie :

Heureux celui qui, de son choix certain,

Peut retrouver, aux écueils de la vie,

Un ami sûr qui lui tende la main.

J'aime la France à la gloire fidèle ;

J'aime à donner un asile au malheur;

J'aime des preux la mémoire immortelle,

J'aime à fouler le sentier de l'honneur.

J'aime à braver l'eau qui bat le rivage,

A voir briser un sceptre ensanglanté,

Hors de tout joug, et libre d'esclavage,

De l'aigle altier j'aime la liberté !

C'est là mon Port.

L'oubli vient consoler une femme qui pleure ;
Le pilote un instant quitte le gouvernail :
Suspens tes nobles chants, poète, il est une heure
Où l'esprit se rendort après un long travail.

Vois-tu là haut sur la colline
Blanche maison qu'un roc domine ?
Où l'arbre jette ses rameaux ,
Où font leurs nids les passereaux ?

Où sur le mur, avec cadence,

Un rayon joue, et se balance,

Comme une étoile au sein des eaux ?

Où doucement, sous la verdure,

L'eau du ruisseau coule et murmure ?

Où le chevreau bondit léger ?

Où va s'abriter le berger ?

Où la folâtre chèvre blanche

Sur le rocher gravit, se penche,

Et semble rire du danger ?

Où le vent fait de son haleine

Bruire la feuille du grand chêne,

Où l'air ruisselle pur et frais ?

Où le remords n'entra jamais.

Où rien ne trouble le silence,

Où sont les rêves de l'enfance,

Où tout respire amour et paix ?

Oh ! vois-tu scintiller ces vitres flamboyantes ,

Aux dernières lueurs d'un jour qui va tomber ?

Vois-tu dans la forêt cent têtes ondoyantes

Se redresser tantôt , et tantôt se courber ?

Plus bas vois-tu tomber l'herbe sous la faucille ?

La terre s'entr'ouvrir au soc du laboureur ?

Dans les champs moissonnés , vois-tu la jeune fille

S'asseoir sur la javelle après un long labeur ?

La nuit porte en ces lieux un terme à la souffrance ,

A l'heure qui s'écoule un consolant espoir.

L'infortuné qui souffre y trouve l'assistance ;

L'orphelin qui s'égare , un abri pour le soir.

C'est à l'homme un asile , où son âme repose ,

L'horizon où la paix à l'azur se confond ;

C'est la terre promise où notre pied se pose ,

La pierre où l'exilé vient reposer son front.

C'est mon asile,

C'est là mon port ;

Loin de la ville,

Mon âme agile

Prend son essor.

Là, je respire,

Là, tout m'inspire,

Et sur ma lyre

Naît un accord.

Là, frais ombrage,

Là, vert feuillage,

Là, le rivage

Où l'oiseau dort.

Fêtes et danse,

Bruit de cadence,

Chants répétés,

Refrains et ronde,

Source féconde ;

Là, tout un monde

De voluptés !

Vois-tu cette croix solitaire ?

Là, sur ce tertre, ma prière,

Comme le parfum, monte au ciel.

Là, quelquefois tombent mes larmes ;

Mon âme y trouve quelques charmes,

C'est mon temple, c'est mon autel !

C'est la couche sacrée où repose une mère,

Le pieux tabernacle où je porte mes pas,

Où tout en pleurs j'évoque une ombre sainte et chère,

Où j'appelle un écho qui ne me répond pas !

Sur la tombe muette

Viens plier tes genoux.

Viens, c'est là la retraite

Où le bonheur s'arrête,

Où le jour luit plus doux.

Un parfum d'innocence,

Le calme et le silence,

Y descendent des cieux !

Quand tombe la rosée,

Quand l'âme est reposée,

S'il naît une pensée ,

Elle naît pour tous deux !

La nuit porte en ces lieux un terme à la souffrance ;

Au lever du soleil , y renaît l'espérance.

L'heure s'écoule prompte à travers quelques fleurs ,

Un ciel limpide et pur vient sourire à mes pleurs.

L'horizon semble offrir un mirage à ma vue ,

Une forme fantasque apparaît dans la nue.

Mon souffle doucement sort , et sillonne l'air,

Comme vogue l'esquif sur une douce mer.

Comme l'onde en son lit , coule et passe ma vie ;

Un rêve clot mes yeux pendant que mon cœur prie ;

J'abandonne mes sens à leur molle torpeur,

Ma paupière au sommeil , et mon âme au Seigneur !

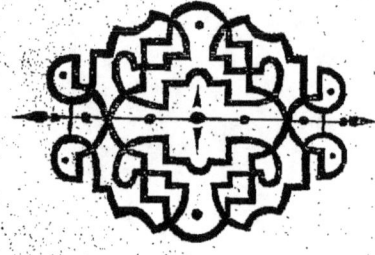

Paris, imprimerie GUIRAUDET et JOUAUST, 338, rue S.-Honoré.

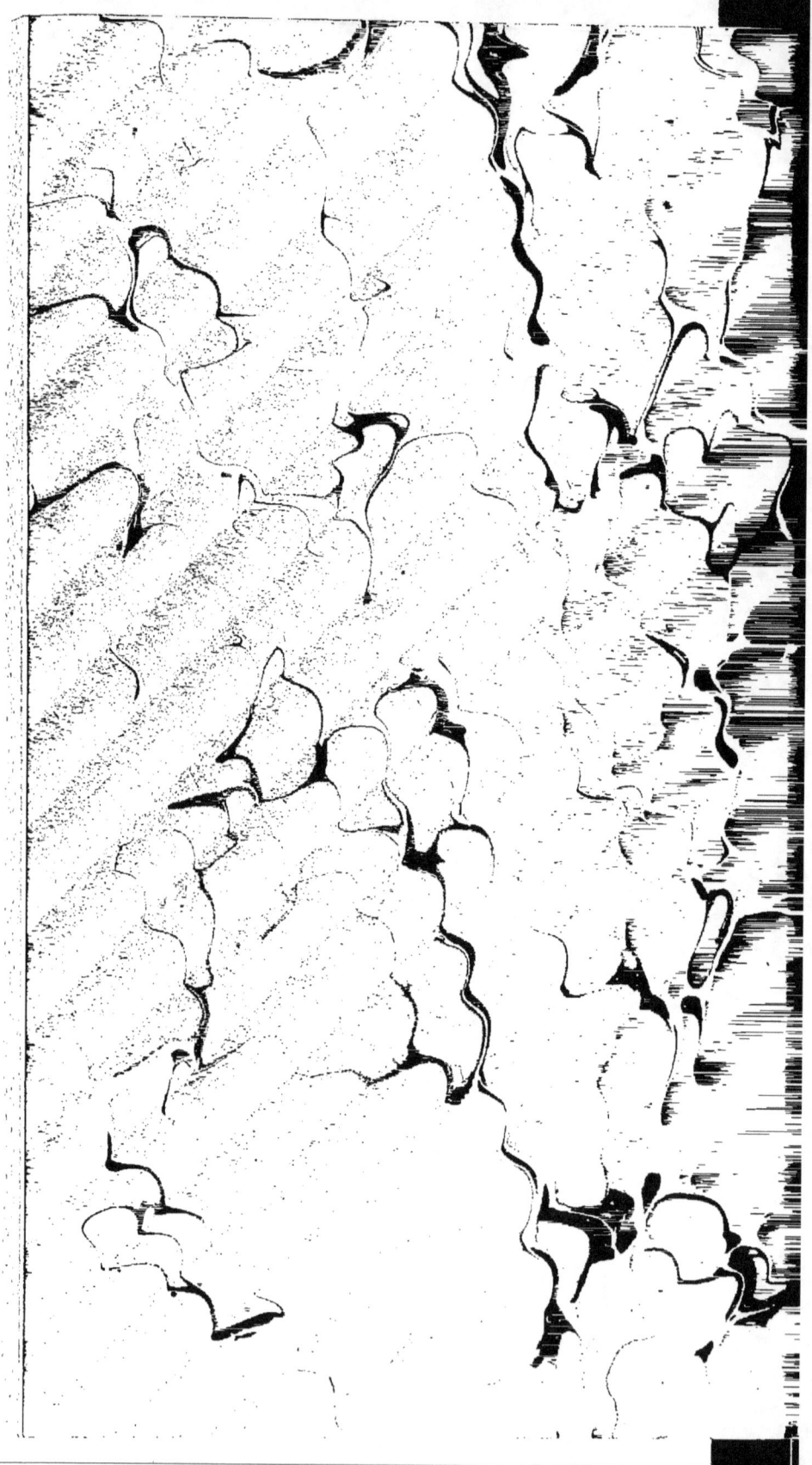

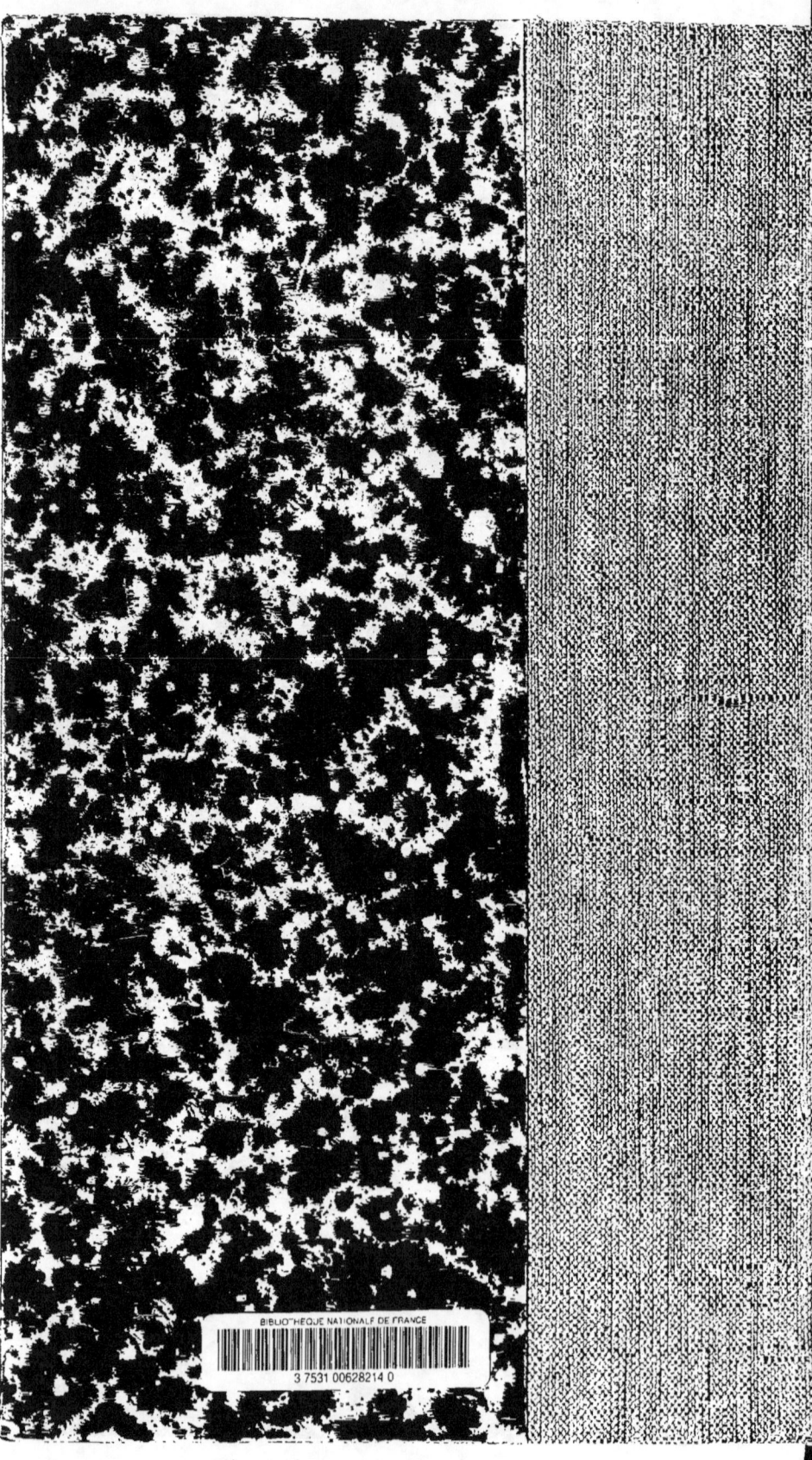